随筆

美の詩《うた》

後藤　茂

三月書房

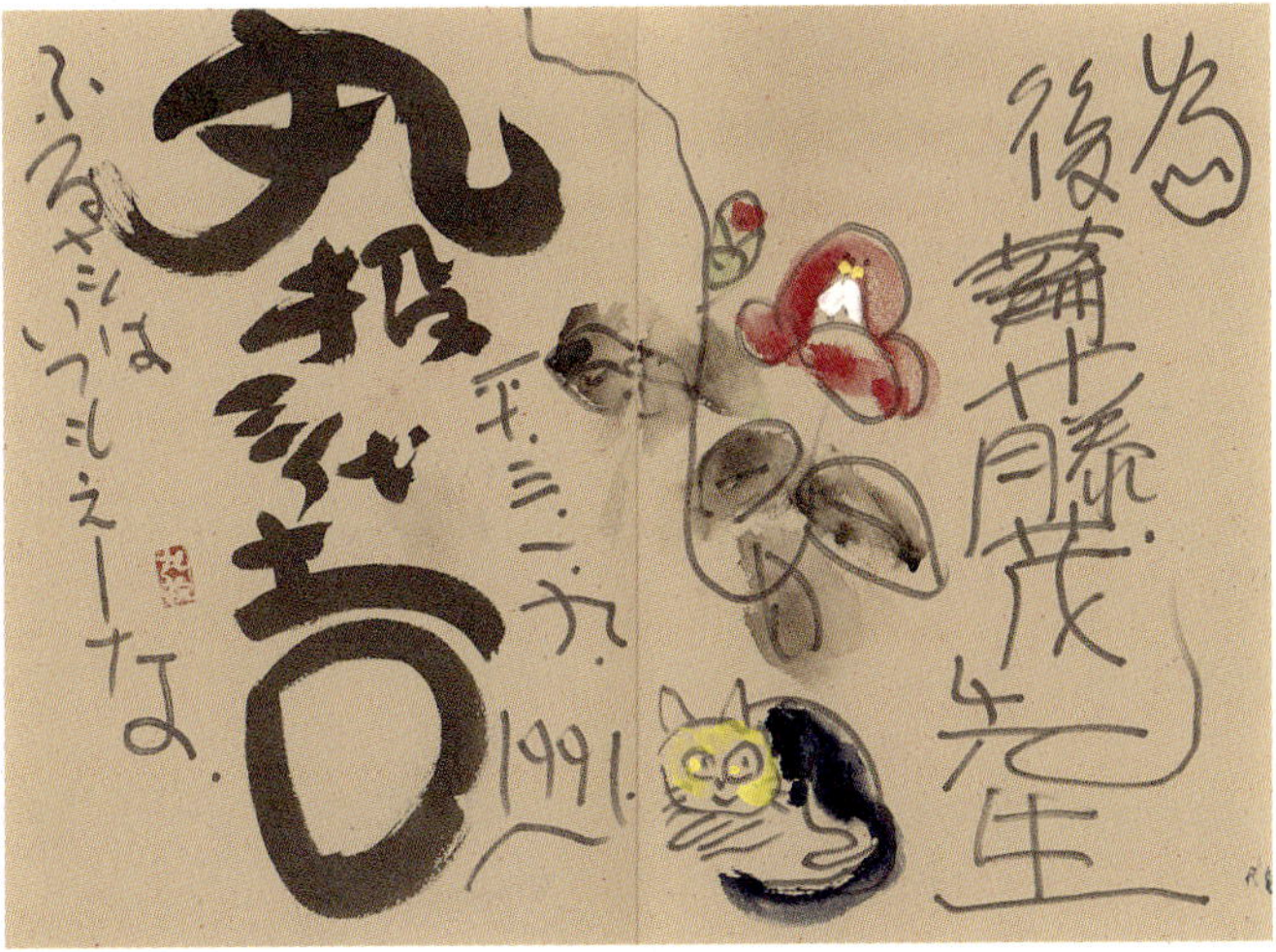

随筆　美の詩《うた》　目次

装画　後藤　茂
扉為書　丸投三代吉
装幀　吉田　咲

随筆　美の詩《うた》

美しいものは絵に描かない

美しいものは絵に描かないでも美しいものだから、美しくないものを発見して絵にしようと思った。

洋画家香月泰男のこんな言葉が、こころを打つ。

六十の手習いならぬ八十の日曜画家を愉しむようになってからである。くだものや草花など美しいものをより美しく描こうと力《りき》むから、様《さま》にならない。なぜセザンヌはりんごをあんなふうに描いたのだろうか、と、ため息をついているような始末だ。

もう五年まえになるだろうか。姫路の森画廊から『香月泰男展』を催すとの知らせが届いたのは、庭の百日紅が残暑の厳しい陽を受けていた八月も末のことであった。案内状に、『百日紅』の絵が刷られていたのである。私は、身震いした。思わず受話器を取った。香月の絵がわが手に入ったのである。

私は、その前の年、小型で美しい函入りの随筆集『百日紅』(三月書房)を出版した。

終戦の年の夏、候補生として習志野の陸軍騎兵学校で騎乗演習をしていたときのことだ。米グラマン艦載機の機銃掃射を受け、愛馬を放り出して、逃げていた。

「鋭い銃声は瞬時に消えた。不気味な静寂が訪れる。助かった。私は声にならない叫びをあげていた。我にかえってふと見上げると、鮮紅の花がほほえみかけているように思えた。百日紅であった」

こんな戦争体験を書いたエッセイ「百日紅」を題名にしたのが、この随筆集である。

そんなことで、百日紅は私の命の恩人であるが、シベリア抑留から家族のもとへ帰ってきた香月は、どんな思いで百日紅を描いたのだろうか。この花に、不思議な縁《えにし》を感じたのである。

墨着色素描といわれる香月の『百日紅』は、木炭の黒粉を溶いた墨を刷き、独特の黄土色を薄く沈めて背景にしている。そのうえに濃い墨を粗く絣模様に飛び散らせていた。極度に単純化した花は、ピンクと白のクレヨンで描きわけている。吸いこまれるような絵だ。ふと、芥川龍之介のこんな文章を思い出した。

「一体百日紅と云う木、春も新緑の色あまねきころにならねば、容易に赤い芽を吹かず。朝寝も好きなら宵寝も好きなること、百日紅のごときは滅多になし。自分は時々この木の横着なるに、人間同様腹を立

てることあり」（『雑筆』百日紅）
日本画でも洋画でも百日紅を描いた絵を見ることがないのは、芥川のようにみられていたからだろうか。
私は、ふと、鏑木清方の画集にあった「さるすべり」を思い出した。それは、朝、昼、夕べの下町の情景を描いた『朝夕安居』（一九四八）という絵巻物である。昼、さるすべりの木陰で一服するいなせな風鈴売りを描いていて、失われてゆく下町の暮らしを懐かしむ清方の筆は、爽やかな涼風を誘うのである。
さるすべりは、どうみても絵になりにくい花だ。ちりめんのような、しわの多い六花弁の小さな花は、もやもやっ、としている。花には風情があるというものの、風景画ならともかく、絵にするにはそぐわない。しかし香月は、美しくはないさるすべり、百日紅を絵にした。この絵は、妙に、熊谷守一芸術を思わせるのである。

熊谷守一は好きな画家だ。『喜雨』という水彩画を持っている。頭は三角、体は四角、折れ釘のような足をつけた蛙が五匹、輪になって踊っていて、なんとも愉しい。

香月は、故郷三隅を離れない画家であった。「自宅の前から五百米《メートル》の範囲があれば、一生描いても描き尽くせないほどの画題がある」というのが口癖だったという。熊谷守一も晩年の三十年間、自宅から一歩も出なかった。日がな一日石ころと遊び、蟻んこや、蛙をみつめていた。その生き様のなんと似ていることだろうか。

「守一には何かを見たい、知りたいという強い気持ちがあり、対象を分析したりしたうえで、それができたと感じたときに絵筆を執る。ほかの画家とは決定的に異なるところだ」(『守一の残したもの展』図録　岐阜県美術館学芸員・廣江泰孝)といわれる守一、

「他の画家なら恐らく見向きもしない魚や虫たちだが、香月は、そのす

べてに無限の愛情を注ぎ、まるで珠玉のように扱っている」（エッセイ「香月泰男の世界」美術評論家・源弘道）といわれる香月、相通じるものがあるように思えてならない。

香月が一九六二〜六七年ごろに描いた一連の「身辺雑描」は、見ていて飽きない。待宵草、彼岸花、山吹、連翹《れんぎょう》、鳥兜《とりかぶと》、桐、猫柳、蓮華草《れんげそう》などだが、いずれも花瓶に挿して画題にするほどの花ではない。百日紅も、そうした「美しくない」なかの一点なのだ。

香月泰男は、「シベリア・シリーズ」の画家として有名である。敗戦とともにシベリアに抑留され、酷寒と飢餓のなかでの重労働で次々に死んでいった戦友たちへの鎮魂、絶望の重い記憶をこころに深く沈ませ、帰国してから十年たって、画布に叩きつけたのである。

二〇〇四年の春、凍土を融かすかのように、『没後三十年香月泰男展―〈私の〉シベリア、そして〈私の〉地球―』が東京ステーションギャラリーで開かれた。私は、二度足を運んだ。

会場は、香月の想いを考えてか、やや暗くしてあった。目を閉じ骸骨のように単純化した兵士の顔が画面いっぱいに並ぶ『朕』、死んでいった戦友に祈る『涅槃』、それらのどれもが、見る者を過酷な収容所に誘ってくる。鬼気迫る作品群であった。そんな暗黒の世界で、燃え上がる兵舎を描いた『業火』は圧巻であった。紅蓮の炎は、いまも目に焼きついて離れない。

会場を覆う深い沈黙のなかで、香月は、戦争とは何だったのかと、鋭く問いかけているように思えた。そのすさまじいまでの「黒の芸術」に、圧倒されたのであった。

そんな香月展のなかで、ほっと、こころを和《なご》めてくれたのが素描であり、ブリキや板切れで作られたおもちゃ達である。そこには家族への思いと郷土愛が、美しい詩情を漂わせていた。

香月芸術から、素描を除いてその魅力を語ることは出来ない、といわれている。『百日紅』などの「身辺雑描」の絵で面白いのは花瓶だ。台所の片すみにでもころがっていそうな、短い柄のついたガラスコップなのだ。有田焼とか古九谷とか、あるいは美しく絵付けした西洋陶器の類《たぐい》ではない。そこが香月の美学であろうか。

洋画家の山本文彦さんが、香月と湯田温泉にあそんだときのことをこう語っている。

「興に乗ると硯と筆を取り寄せ、椿や菖蒲等の色紙を一気に描かれた。椿の芯に食卓の醤油を指先につけてぽっちりと一滴、適量が紙に滲みて雄しべの花粉が描き出される手早さと的確さに目を見張った」

先年、香月美術館を訪ねたおり、出迎えてくれた婦美子夫人に、『百日紅』を所蔵していることを申し上げると、たいへん喜ばれた。

「そうです。あのコップは香月のお気に入り。というより花瓶というようなものは、あれよりなかったんですよ」

と、声をたてて笑っておられたのが、なんともほほえましかった。

年が明けて睦月、百日紅の季節はとっくに過ぎたのに、我が家のリビングには、香月の『百日紅』が咲きつづけている。三月に入って二十四節気のひとつ「啓蟄」の日に、守一の『喜雨』を掛けるのも楽しみである。

今日も、冬の花水仙を描いていると、香月が「描くとは物を見つめることだ。いままで見えなかった物が見えてくる。こうなるともう占めたものだ」と励ましてくれた。

「へたも絵のうち」と、守一の声も聞こえてきた。


（「美の風」二〇〇七・夏）

美への信仰

―山下摩起―

精神世界を追い求め、美の求道者といわれた画家、山下摩起《まき》の『観世音菩薩』（紙本墨画）が、私の手元に来ている。なんとも不思議な縁《えにし》であった。

この仏画を観ていると、ふと、柳宗悦の『心偈《こころうた》』の一句が浮かんでくるのである。

便《たよ》リアリ　仏《ほとけ》イト忙《いそが》シト

宗悦はこの句を、「仏とは、慈悲心そのものである。慈は愛《いつくしみ》である。だから無数の衆生が苦悩する様を目前に見て、その心が静かであるわけがない。救世《ぐぜ》の大願に生きる仏は、多忙をきわめる」と注釈していた。

還暦を迎えた年のことであった。急性膵臓炎に見舞われて、救急車で病院に担ぎ込まれた。入ったのは集中治療室、生死の境をさ迷う重病であった。昏睡のなかで、聞き取れないような声が、「観世音菩薩」と唱《とな》えているように聞こえたと、のちに家族から聞かされたが、もちろん、そんな記憶はない。

病に倒れる数日まえ『法華経』の本を読んでいて、「普門品」の項に、「衆生ありてもろもろの苦悩を受けんに、この観世音菩薩の御名《みな》を聞いて一心に御名をとなえれば、観世音菩薩はただちにその音声を感じ、皆苦しみをまぬがることを得る」

と説かれた偈《げ》が、こころに余韻を残していたのかもしれない。この教えが、病の床に現れて、「観世音菩薩」と念じていたのであろうか。七ヶ月もの入院生活であったが、幸い健康を取り戻せたのも、観音様のおかげだと、信じているのである。

病気が治って一年近く過ぎたころ、神戸に立ち寄ったついでに、しばらくご無沙汰していた西区押部谷にお住まいの文人、仙賀松雄さんを訪ねた。新興住宅地とはいえ、まだ稲田が広がっている。稲の切株が、晩秋の陽影を田の面《も》に映していた。そんな風情に囲まれたお宅で、山下摩起の『観世音菩薩』に出会ったのである。

仙賀さんは、「摩起の絵を手本にしていたんです」と、筆の手を止めて、笑顔で迎えてくれた。「山下摩起？」私の知らなかった画家だ。なんだか急に興味がわいてきた。

ふと、腰掛けた足元に目をやると、描きすてたような紙片が散らばっている。観音の宝冠や、瓔珞《ようらく》などが描かれていて、習作といったもののように思えた。雀の絵が二、三枚、これらは彩色されていたが、こうした絵にまぎれて、仏画らしきものが見えたのである。

「県や神戸市の美術館などに寄贈された残りの処分を遺族からたのまれましてね。作品として完成されたのも沢山ありました。先日、龍野の浅井弥七郎さん（ヒガシマル醤油会長）がすべて引きうけられたので、たいしたものは残っていないでしょう」

「じゃあ、これ、もらっていいですか」

お恥ずかしい話だが、摩起が著名な画家だとは知らないで、頂いて帰ったのである。

帰途、姫路の森画廊を訪ねた。主の森崎さんなら山下摩起のことをご存知だろうと思ったからである。さすがに郷土出身の画家となると身を乗り出される森崎さんだ。くしゃくしゃになった紙片のシワを延ばしながら、驚きの目でみつめていたが、「いいですねぇ。額装にすべき作品ですよ。京都の著名な表具師を紹介しましょう」と薦めてくれた。

お任せした紙本墨画は、ほどなく立派な函に入って届いた。こうして山下摩起画伯筆の『観世音菩薩』（九〇㎝×三〇㎝）が、わが家に来られたのである。

函から取り出していた手が、震えた。感動して、しばらく動けなかった。

書斎に掛けた。炉を置き、香を焚いた。細い線で丸く描かれた光背、頭頂から足先まで、まるで名刀で切り下げたような鋭い線描、仏性を宿した筆勢、それでいて清楚な感じを与えてくれる。慈愛にみちた目、おだやかな口元、左手には蕾の蓮華の花を持ち、右手は畏れを取り除く施無畏の印相を向けておられる。部屋に清浄の気が流れてきた。

のちに神戸市立博物館で、摩起の『観音』を見せてもらったことがあるが、私のところの『観世音菩薩』とは、手の位置などが違うだけで、ほぼ同じような構図である。観音様との嬉しい出会いに、ここでも胸打たれた思い出がある。

山下摩起（一八九〇～一九七三）は、兵庫県の温泉の町、有馬町の旅館「下大坊」に生まれている。京都市立絵画専門学校に入り、竹内栖鳳の画塾竹杖会で日本画を学んだ。絵専では二年先輩の村上華岳や土田麦僊らに強く惹かれ、京都画壇に育った画家だ。

昭和三年には小磯良平らと渡欧して、油絵を研究している。ヨーロッパの各地を巡る画道遍歴の旅は、これまで学んできた日本画にとらわれることなく、さまざまな表現の可能性を追求しようという意欲をかきたてていくのである。

摩起の名声を高めたのは、帰国して三年後の昭和八年（一九三三）、第二十回院展に出品した『雪』六曲一双の屏風が入選してからであった。

しかし、この入選は、皮肉にも摩起に独自の道を歩ませることになる。屏風絵の右隻だけの入選だったからだ。

「この事件は摩起に小さからぬ痛みを与えたように思われる。今、どう考えてみてもこの措置は理不尽であったと言わざるを得ない。なぜならこの『雪』の中にその後の日本画家、山下摩起の表現特質と型のようなものが、すでにほとんど見てとれるからで、左隻の複雑、右隻の簡潔、このどちらを除外してもその後の摩起は成立し得なく成るのである」（神戸市立博物館学芸員・岡泰正）

摩起は、『雪』の片隻落選を契機にして、中央の展覧会への出品に疑問を感じはじめる。公的な展覧会への出品を絶ち、京都画壇も離れて孤高の画家の道を歩むようになる。西宮市の小高い丘に〝龍窟〟というアトリエを構え、時流におもねず孤高の作画活動に入った摩起は、請われて県展に出品することはあっても、あとは個展を開く程度で、地味な存在になるのである。とくに戦争中は、仏画に没入していった。

そんな摩起の元へ思わぬ報せが舞い込んできた。昭和三十三年の山笑う季節を迎えたある日、四天王寺五重塔の壁画制作の依頼がもたらされたのである。

四天王寺といえば聖徳太子ゆかりの寺である。飛鳥時代の創建、千四百年余の歴史を経ている名刹だ。不動明王を描いていた摩起は焔えた。構想に半年をかける。寺の一隅を画室にし、画とともに寝起きして、修行僧のような精進を続けたのである。

摩起の絵は、繊細な極彩色の仏画ではなかった。渡欧中に影響をうけたフォービスム（野獣派）、キュービスム（立体派）を取り入れ、壁面に直接描いたり、絵の具を削り、箔を置く、その大胆な表現は、洋画風の仏画ともいえるのである。

一方、同じ時期に東京画壇の中村岳陵がこれまた四天王寺金堂の壁画制作をしていた。二人が、お互いに意見を交し合っていたという話は聞かないが、それにしても同じ寺の、摩起は五重塔、岳陵は金堂の壁画を描いていたというのも、仏縁だろうか。

四天王寺の金堂の本尊は救世観音で、中村岳陵は内壁に、釈迦の一生「仏伝図」を描いた。「仏誕」、「出城」、「降魔成道」、「初転法輪」、「涅槃」の五場面、十四面からなる大作。「涅槃」に描いた人物の目をなきはらしたところは、これまでの日本画にはなかった試みだが、大和絵の流れをくんだ伝統的な日本画の美しい描線で描いている。

山下摩起は、四天王の木像を祀った五重塔の壁画に、釈迦三尊像（南）、弥勒三尊像（北）、薬師三尊像（東）、阿弥陀三尊像（西）と、四方四仏を描いた。金箔を地にして薄紙を貼っての作品で、入口扉画の梵天、帝釈、四天王、仁王の八枚は銅版に切り込みの仕上げになっている。

このとき岳陵は七十歳、摩起は七十一歳になっていた。東西の画壇から時を同じくして、浪速の、それも賑わう街中の四天王寺に描かれた壁画は、静謐の祈りの場をつくっている。岳陵、摩起両画伯の四天王寺壁画は、朝日文化賞を同時に受賞するところとなり、昭和の仏教美術の一大傑作として、大きな話題を呼んだのである。

そのいきさつを当時朝日新聞の記者だった橋本喜三氏はつぎのように伝えている。

「東京側は金堂の壁画を担当した東京美術学校出身の中村岳陵氏を推し、大阪側は五重塔の壁画を描いた京都絵画専門学校出の山下摩起氏を推薦した。選考委員会でも社長は山下派、専務は中村派と分かれて結論がつかず、結局は四天王寺まで壁画を見に行って、異例の二人受賞と決まった」（『美術記者の京都』朝日新聞社）

摩起は、朝日賞の受賞通知を受けたとき、「えらいことになった。どうなんねんやろという気持ちが先にきました」（「アサヒグラフ」一九六一・

一）と、小さい体を小さくされて恐縮したという。本名の正直そのままの人だ。手ぬぐいを頭に巻いて創作していた摩起の人柄が偲ばれて、思わず頬がゆるんだ。

美術評論家の野間清六氏は、「岳陵の細密麗美な画風に対し、摩起は伝統を破った精力的な画風を示し、痛快なくらい好対照を見せている」と、賛辞を惜しまなかった。

野間氏の言を借りれば、摩起がそこに描いているのは「もちろん仏画ではあるが、何とそれは甘美なものではなく、血しぶきの飛びちるような強烈なもので、そこに新しい信仰を訴えている」のである。

摩起は、「どういう気持ちで仏画をかくようになったか」と聞かれると、「とくべつの気持ちがあるわけでもないが」とことわりながら、「ただ、ひたすらに、美しくひかりかがやくものへのおどろきと心酔から、ほとけさまのお姿を描いてゆきたいという一途な、ねがいをもっているばかりです」（「大法輪」昭和三十六年十二月号）と、答えていた。

摩起が仏画を描く上で師と尊敬していたのは村上華岳であった。華岳が五十一歳で世を去ると、摩起は、華岳が育ててきた美術雑誌「画室」の表紙絵や口絵をひきついで、亡き友への友情に応えるのである。「大法輪」に寄せた随筆「美への信仰」のなかで、華岳にふれたくだりがあった。

「村上華岳さんも、仏画にひじょうな情熱を燃やしておられまして、すぐれたかずかずのお作を遺されています。村上さんの場合は、仏教に精通しておられ、そのひたむきな信仰心から、それらのお作が生まれてきたのでございました。ところが、わたくしの仏画は、村上さんのような信仰心によるものではないのでございまして、あくまで、美しいものへの傾斜ということ以外にはないのです」

華岳の信仰心に首《こうべ》を垂れる摩起、「わたくしのは美への信仰とでもいうべきでございましょう」と、あくまで謙虚だ。「本当にすぐれた芸術作品は信仰の対象になる」といっているが、そんな摩起の心根にふれていると、私の心は、ますますそんな摩起から離れないのである。

平成五年（一九九三）の年が明けた一月、西宮・大谷記念美術館で、「山下摩起　没後二十年、作品を回顧する『山下摩起展』」が開かれた。全生涯にわたる作品から選ばれた約七十点が展示されるというのである。私は、はやる思いで駆けつけた。

すばらしい作品群であった。正面に飾られた話題の六曲一双の屏風『雪』の前では、しばらく立ち去ることができなかった。「胡粉を大胆に刷毛塗りした斬新な面的処理は、摩起がヨーロッパで学んだ油絵研究の成果」である、と図録でも紹介されていたが、たしかに『雪』は、観る者を圧倒する存在感を見せていた。

展示された作品の中で、油絵『西洋婦人像』を見たとき、アンドレ・

ドランを思わせる作風なのに惹かれた。仏画も数多く展示されていたが、それは、「神戸ゆかりの巨匠たち展」（一九八九）で見た村上華岳の伝統的な仏画とは違っていた。華岳と並んで展示されていた摩起の仏画は、従来の日本画の枠を超えた新しい絵画の創造を目指した、独自の清浄な境地を見せているように思えたのである。

摩起の絵を私ごときが語るのはおこがましいが、さいわい美術雑誌「アート」（一九七四・一）に、摩起と親交のあった阪本勝（元兵庫県知事・初代兵庫県立近代美術館館長）が、このように語っていたのを見つけたので、書き写しておきたい。

「東洋画と西洋画とを超克し、その上に毅座する無類の風格である。その線と黒色の美、心象の冴え、八方破れの筆力、十方碧落の構成――それはどうして生まれるのか。夜半に生まれる。暁に生まれる。随時天に生まれる。それはすでに神品であり、批評の限りではない」

久しぶりにいい展覧会を観ることができた。何点かの静物画にも魅かれた。やわらかなふんいきを漂わせている『桃』、『柘榴』、『葡萄』などの淡彩に、ほっと、一息入れていると、わが家に飾っている摩起の『柿』が、思い浮かんできて、心和《なご》めた。

（「美の風」二〇〇八・冬）

今日は、クールベさん

フランスで普通切手よりやや大型の美術切手が発行されたのは一九六一年であった。見事なエッチング版画を思わせるこの美術シリーズは、以来、二、三ヶ月毎に一種ずつ発行されていて、コレクターばかりでなく美術愛好家の間でも好評である。

第一回は、ブラックの『使者』、マチスの『青い裸婦』、フレネの『パリ祭』、セザンヌの『カード遊びをする人々』と、四種を同時に発行し、その芸術的な出来栄えは話題をさらったものだ。なかで、『カード遊びをする人々』が注目されたのは、当時行方不明になっていたこの画を、切手を使って世界中に知らせ、捜索を呼びかけようとしたからである。セザンヌが同じような構図で描いた『カード遊びをする人々』は世界に三点しかないといわれる名画だが、この切手によって無事戻ってきたのだ。こんなエピソードを聞くと、こちらまでなんだか嬉しくなる。

美術シリーズは今年で四十七年目を迎えた。フランスに縁のある芸術家の作品を中心にして、絵画や彫刻、工芸、イコン、タペストリー、ステンドグラス、洞窟壁画などが、途切れることなく発行されている。フランスを旅したときにはこの切手を貼って便りをするが、みなさんにたいへん喜んでもらった。

ゴッホの有名な『オヴェール教会』がある。モネの『睡蓮』も、ドガの『踊り子』、ルオーの『道化師』、スーラの『サーカス』、アングルの『浴女』、ゴーギャンの『アレアレア』など、これまでに発行された美術切手はすでに百八十数点にもなるが、わが家の「方寸の美術館」と名づけて、楽しんでいるのである。

一九六二年度の美術切手シリーズに、クールベの『今日は、クールベさん』が入った。一目で、心が動いた。ほのぼのとしたいい画だ。クールベが写実主義絵画を創始した画家だったということも、なさけないはなしだが、この切手で初めて知ったのである。

『今日は、クールベさん』(三五九㎝×五九八㎝)は、クールベが一八五五年のパリ万国博覧会併設のサロンに『遭遇』と題して出品した油彩画であった。

南仏プロヴァンス地方の町モンペリエ近郊の丘の上。絵の具箱を背負ったクールベは、右手に長い杖をもち、上着なしの白いシャツ姿でゲートル付きのズボンという軽装、アッシリヤ風といわれる太いあごひげをつけた精悍な顔を突き出し、左手で灰色の帽子をつかんでいる。暑い日ざしが長身の影を落とす。出迎えたブリュイヤスは緑の上着、青いズボン、ステッキをつき、黒い帽子をもった左手をひろげている。その後ろに、黄銅色のフロックコートを着た従者が腕に赤いショウルを抱え、丁寧に頭を下げている。足元には尾を振って迎える犬、広野を遠く四頭立ての黄色い馬車が走り去る。

クールベにしては珍しく詩情あふれる構図だ。たかが切手と笑われようが、見事な凹版切手『今日は、クールベさん』を、小さな額に入れた。後の印象派の画家たちに影響を与えたというクールベに、私の好奇心が膨らんでいくのである。

『遭遇』は、画のかもし出す雰囲気から思いついたのだろうか、当時一新聞が「ボンジュール、ムッシュ・クールベ」と書いたのが評判になり、いまでは、『遭遇』の題名よりも『今日は、クールベさん』として有名になっている。

ある日、仏文学者でフランス美術を研究されている阿部良雄さんとお会いする機会があった。阿部さんとは、姫路城を背景に建てられた父君阿部知二の小説「城」の文学碑を、私は、有本芳水・三木露風の詩「白鷺城回想の賦」の文学碑を、共に揮毫させてもらった縁で親しくなった方だが、「最近クールベに強く惹かれています」と話すと、阿部さんは相好を崩され、「私も、クールベは一番好きな画家です」といって、阿部さんが書かれた『クールベ』（新潮美術文庫）を送ってくださった。

この本のなかで阿部さんは、『今日は、クールベさん』を「雄大な風景画、肖像画として自画像最大の傑作といっていい」と褒めて、つぎのように高く評価していたのである。

「クールベが人類に残してくれた貴重な遺産とは結局、人にもあれ動物、植物、はたまた鉱物にもあれ、存在が無心またはそれに近い状態で在る姿に対してこちらもできる限り無心に近づいて眺める時に発生する、ほとんど超自然的なよろこびを、力強く直截な画風を通じて教えてくれることであろう」

クールベは、一八五五年のパリ博覧会に『遭遇』のほか十三点を送り込むが、審査会は、『オルナンの埋葬』と『画家のアトリエ』の自信作二点を落選させるのだ。

私は、これまでにオルセー美術館を二度訪ねていたが、豪華な作品群に圧倒されて、展示会場を観て廻るだけで、クールベの作品は記憶に残っていなかった。ところが三度目の鑑賞は違った。クールベの画にこころ走らせながら、地上階中央に向かったのである。この大作二点と対面したときの感激は、言葉にならない。

幸い、美術評論家の坂崎坦氏が、その著『クールベ』（岩波新書）の緒言でつぎのように述べておられたので引かせてもらう。

「歴史的見地からすれば、写実主義は、何よりも古典、ローマン両派に対する反作用となって現れた。アングルの古典主義は、古代およびアレゴリーに対する好尚、醜いものつまらないものへの嫌悪（したがって生活描写は避ける）、公然のあるいは隠然たる理想の意図を示し、ドラクロワのローマン主義は、現実というものを忘却し、色彩とかピトレスクとか、史劇、異国情緒とかにもっぱら画題を求めて、写実主義の実証的現実的傾向には応じないものであった」

坂崎氏が論じておられるように、クールベの野心的な作品に対して、古典主義、ローマン主義が席巻していた当時のフランス美術界はきわめて冷酷であった。サロンに出品するたびに「写実主義は野蛮な絵画だ」と非難され、落選の憂き目に会うのである。しかし面白いもので、サロンでの不評はかえって評判になり、写実絵画賛嘆の声があがる。

なかでもモンペリエ市の富豪ブリュイヤスは、ドラクロワと並んでクールベを高く評価した一人であった。『眠る糸紡ぎ女』、『浴女たち』（ともに一八五三）を買い上げたばかりか、自宅にも滞留させてパトロンとなる。そんなこともあって、『今日は、クールべさん』は、ブリュイヤスとの友情を描いた作品となった。

ギュスターヴ・クールべ（一八一九〜一八七七）は、フランス東北部の小さな町オルナンに生まれ、裕福な教養ある家庭に育っている。学問の方よりも、もっぱらデッサンの勉強に励んだ。師らしい師をもたぬまま自然描写、肖像画一途であった。画家としての天分は少年時代から見せていたものの、暗中模索のままパリに出たのは一八四〇年、時に二十一歳であった。突然現れた若造の作品にサロンが冷ややかだったのも無理はない。しかしクールべはめげなかった。「自分の作品が審査員好みになれば入選は確実だが、僕が今日の僕である限りそれを望むのは無理だ」と、写実主義を変えなかったのである。

クールべの風景画は、ふるさとの町なかを流れるルー川の風景、渓谷、水源の暗い洞穴などを数多く描いている。そこに娘や農夫たち、糸を紡ぐ女、石割人夫、牧師、乞食、役人、酔っ払いなど、デッサンしてきたおびただしい村人たちの肖像を配した。生きた人間と自然とを結びつけた写実主義芸術であった。下品だ、グロテスクだと非難された『オルナンの埋葬』も、クールベが町で出会い、またモデルになってもらったこうした人々を、墓穴の周囲に集めたのである。

クールベが思想的影響を受けた同郷の社会哲学者プルードンは、「クールベの芸術は、諷刺、攻撃、皮肉、風俗画でなく、真実を反映する鏡である。写実主義芸術である」と励ましているが、『画家のアトリエ』も同様で、こうした群像画は一人一人が個性的である。

そういえば、自画像の画家といわれた洋画家鴨居玲に『一九八二年、私』という二百号の傑作がある。大きなカンバスを前にして鴨居玲自身を描き、その周囲にヨーロッパ巡歴のおりデッサンしてきた廃兵、酔っ払い、老婆、道化師、放浪楽師、裸婦などを配している。クールベの『画家のアトリエ』と同じような構図だ。

クールベは画面中央に据えたカンバスに風景を描いている。その後ろから肩越しに裸婦が見つめている。裸婦が隠しぎみに手にした布の白さが、鮮やかである。鴨居玲は、全体に暗い画面で、向かっているカンバスには、何も描いていない。その真っ白いカンバスが鋭く迫ってくるのである。二人の配色の冴えに、ため息がでる。

クールベは『画家のアトリエ』について、「これは私のアトリエの精神的および物質的な物語である。ここにいるのは私に描かれるためにやってきた人々である」といっているが、異色の画家鴨居玲も『一九八二年、私』の画面に、これまでに描いてきた人々を自らの精神的拠り所であるアトリエに集まってもらったのであろう。鴨居玲は、クールベに心酔した画家だったのである。

私は、オルセー美術館の写実主義の画を集めた部屋に入った。予備知識のまったくなかった私の前に、クールベの『世界の起源』が飛び込んできたのである。足が止まった。

写実を超えた生命の源泉を描いたといわれる『世界の起源』は、アングルの『トルコ風呂』を持っていたトルコの元外交官で富豪のカリル・ベイが購入したといわれていたが、長い間その存在は知られていなかった画である。再発見されたのは一九九一年で、故郷オルナンにあるクールベ美術館で展示されたことはあるが、所有者の遺族が相続税がわりに国に寄贈してオルセー美術館に入ったのは一九九五年のことである。

オルセーには、新古典派の巨匠アングルがギリシヤ風に描いた『泉』が入っているが、クールベがアングルを意識して描いたという『泉』もあるだけに、アングル、クールベ両巨匠の傑作を展示しているのは、さすがだと思いながらも、『世界の起源』から、しばらく動けなかった。

部屋には、大作『ドイツの狩人』が存在感を見せていた。その下に、『犬のいる裸婦』（一八六八　六五cm×八一cm）と『世界の起源』（一八六六　四五cm×五五cm）が、さり気なく並んでいたのである。

クールベは故郷ルー川の水源を好んで描いている。しかし『世界の起源』はこうした水源ではない。人間の生まれてくる場所、ずばり女性の性器そのものを描いているのである。顔も腕もない。大腿部がわずかに覗いている。シーツで覆った胸は左乳房だけ、腹部の下に割れ目がリアルだ。ヘアも克明に描き込まれている。徹底した描写、写実の極致といえるだろう。人間の息づかいが伝わってくるのである。

「生命の源として母性的、女性的なものを求め続けた画家の深層心理をうかがわせる、との指摘もある」（『近代美の開拓者クールベ』日経）といわれるその核心が、不思議な迫力で、引き込むのである。

観る者を驚嘆させ、美しく挑発する画が、実は、何年も前からそこにかかっていたかのように、長く佇む人はいない。そんな光景にふれた私は、あらためてフランスの文化を考えさせられていた。

古代から画家の憧れは、魅力ある裸の女性を描くことであった。ギリシャ時代には完璧なまでの裸体像ヴィーナスを造形した。画家や彫刻家たちはヴィーナスという美神を神話のなかで創造し、ヌードを借りて女神にした。美しいがためにその場所はイチジクの葉で隠し、手や布で覆って、大理石のような肌に描いた。モデルの高級娼婦はヴィーナスとなったのである。

だが、十九世紀にはいるとこのタブーは崩れはじめる。クールベは一八六〇年代になって裸体画家としての腕をふるうようになり、後に印象派の画家のヌードへと引き継がれる。

クールベは、美化し、理想化するという伝統的な図像を破ることを試みたのだろうか。その覆った手をはずした。布をとりのぞいて生身の女の「泉」をあらわにしたのだ。それが『世界の起源』であった。

ふと私の脳裏に、東京・国立博物館で見た古墳時代の埴輪『裸の女』が浮かんできた。肢体の造形は簡略化されている。頭部はあるが両手、両足はない。性器が写実的に、実におおらかに刻まれていた。古墳、縄文時代の人々には、性は隠蔽するものではなかったのだろうか。

そんなことを思いながら美術館内のアートギャラリーを覗いた。ふと見ると、ポスターやリトグラフのそばに、今見てきたばかりの『世界の起源』の絵葉書があるではないか。私は、そっと、三枚求めた。売り場のマドモアゼルがにっこりと微笑んでくれた。

帰国して何冊かのクールベの画集を開いてみたが、『泉』の裸婦はたくましい農婦の後ろ姿だし、有名な『女とオウム』もわずかに白いシーツで隠されている。古典画家は好んで水浴中のヌードを題材にしているが、それにならったクールベの『浴女たち』は、豊満な裸体を腰布で覆っている。だから、『世界の起源』がオルセー美術館に展示されてはいるものの、さすがに画集に入ることはないだろうと思っていた。

ところが先日、何気なく立ち寄った日本橋の丸善で見つけた画集『ギュスターヴ・クールベ　最後のロマン派』のなかに、『世界の起源』が収録されていたのである。この画集は、ドイツのタッシェン社が発行している「ニューベーシック・アート・シリーズ」の最新作であった。画集を編集したファブリス・マザネスは、つぎのように解説していた。

「裸体画の慣習によれば、局部は慎み深い、あるいは思わせぶりなベールで隠すことになっていた。マネは娼婦オランピアを描くために恥らう〝ヴィーナス〟のポーズを取らせた。これに対してクールベは十九世紀の芸術において最も強い好奇の対象をきわめて露骨に見せた。このあからさまな絵を目にしたとき、困惑した反応は避けられなかった。そのためこの作品はほとんど公開されたことはなかった」

官能的な女性を数多く描いている版画家池田満寿夫は、『世界の起源』を見て、こんな感想を述べている。

「表現とは挑発である。写実的絵画にも見られる形態の誇張や歪曲はつまるところ、画家が観客に対して造形に於ける自己の主張を視覚的に訴えるための排他的行為に他ならない」（『エロチックな旅』）

私は、年老いてから月に二回、カルチャー教室に通っている。きょうの画題は裸婦であった。

「美は自然の中に存在し、きわめて多様な形で現実の中に姿を現している。それに気づくや、美は芸術のものとなる。いやむしろ美を意識できる芸術家のものとなる」

イーゼルに向かう私の耳に、クールベの声が聞こえてきた。

（「美の風」二〇〇八・夏）

無垢の笑い　―ジョアン・ミロ―

私の描く人物は
色彩と同じく
単純化に耐えている
それは
細密に描出された人物以上に
人間味にあふれた
生命が満ちている
だから

私の人物は
ひとたび緻密に描写されると
無限の想像力に富む生命を
失ってしまうのだ

『世界の巨匠　ミロ』（岩波書店）を開くと、巻頭にミロのこんな言葉があった。画集をまとめたジョルジュ・ライヤールは、「詩と絵画を結びつけることは、ミロの頭を占めていた問題である」と言っているが、なるほどミロは、「絵画と詩の邂逅」を創造した画家だったのだと、あらためて感じたのである。

中学生のころ、西洋史の時間に泰西名画を教えられ、セザンヌやピカソと一緒にミロの名を聞いたかすかな記憶はあるが、私がキュービスムの画家ミロに興味を持つようになったのは、ずっと後だ。

スペインを旅したときに、マドリッドの闘牛場で、ふと、一枚の陶板が目に止まった。『闘牛』である。細い線で描かれた牡牛が雄叫びをあげている。闘牛士は右上隅に放り投げられて、シャボン玉のように小さくなっていた。その詩情あふれる絵に惚れて買ってきてから、ミロは、私の好きな画家になった。

ジョアン・ミロ（一八九三〜一九八三）は、バルセロナで生まれているが、ミロのふるさとは、父の故郷カタロニアである。貴金属細工や時計作りをしていた父と、指物師の祖父のもとで教養を身に付けた母、家庭は手作り職人の環境にあった。

二十世紀を迎えて、フランスを中心に新たに芸術運動が興ってくる。常識にとらわれた目には決してみることができない世界を絵や詩を通して表現しよう、そんな芸術運動であった。マチス、デュフィらのフォービスム（野獣派）や、ピカソ、ブラックらのキュービスム（立体派）が、新しい流れをつくったのである。

こうした空気にふれたミロは、七歳のころからデッサンの手ほどきを受け、十四歳で、ピカソも短期間学んだ有名な美術アカデミー「ラ・エスクラ・デ・ラ・ロンハ」に入学する。「私が画家となった揺りかごだった」と懐かしむ学校であった。その後バルセロナの「アカデミー・ガリ」に転じて絵に打ち込むのである。

ミロがキュービスムの画家となったのは、「ラ・ロンハ校」のホセ・パスコと「アカデミー・ガリ」で教鞭をとっていたフランシスコ・ガリの二人に影響されたからだといわれているが、パスコは、カタロニアの民衆芸術の賞賛者で、ミロのなかの色彩に対する感覚を目覚めさせた先生であり、ガリは、「自然のささやく音楽や詩歌に興味を抱くように勧めてくれた」師であった。面白いことにこの二人は、対象を見ずに描かせたというのである。生徒時代のミロのことを、美術評論家のヤニス・ミンクは、「題材に背を向け、触覚だけを頼りにその形態を再現しようと努めた。ミロにとってこれは、フォルムを求める戦いの中で重要な経験になった」（画集『ジョアン・ミロ』タッシェン社）と、キュービスムへの目覚めを語っている。

もう二十年も前になるだろうか。福岡市美術館が、ミロの百二十号の大作『ゴシック聖堂でオルガン演奏を聞いている踊り子』を購入して話題になったことがある。絵画ブームに沸いていたころとはいえ二億八千八百六十万円に度肝を抜かれたものだが、私は、巨匠ミロの絵をよくぞ手に入れたと、胸をときめかせていた。とはいえ、この絵を実際に見ることができたのは、十数年もたってからである。

美術館を訪ねたのは真夏の太陽に照りつけられた昼下がりであった。

大都会には珍しい築山林泉廻遊式の大濠公園は、水と緑に映えていた。美術館に入ると汗が引いた。二十世紀のモダンアートを紹介した部屋に飾られた油絵『ゴシック聖堂でオルガン演奏を聞いている踊り子』（一九四五）が、目に飛び込んできた。

画面いっぱいに、ねじれた楕円がグレー色で描かれている。ミロが母の故郷マリョルカ島の聖堂で聞いた音楽が、「中央を横切る黒い線から鳴り響いてくるように感じられませんか」と説明してくれる学芸員の声に頷いていた。「黒い装飾的な線が踊り子です」といわれ、感動は、私を金縛りにしていた。私の理解力をこえていたのだ。両脇に二人の小人物を伴っていて、右側の人物は女性のようだ。「一方は口数が少なく敬虔深い表情を見せ、他方は口数が多く邪悪な表情をしている」と解説されて、はじめてわれに返るような始末であった。天井に浮かぶ第三の人物が大きな目玉を見開いていた。周辺を記号化した星や月などが乱舞している。しばらく眺めていると、黒い線はオルガンの演奏となり、その旋律にのって、彼らは踊っているように見えてきた。

「一見無邪気で、無作為に見える画面だが、綿密な色彩と形態配置によって構成されている。ミロが巨匠と称されているのは、無垢に見えながら周到に計算されたこのような画面構成ゆえかも知れない」図録を読み直したのであった。

そういえば、一九七〇年の大阪万博のガスパビリオンを飾ったミロの陶板壁画は、『無垢の笑い』であった。無数の目が描かれている。人の目というより鳥や動物の目のようにみえる。現在、大阪の国立国際美術館に収められているこの大壁画を見ていると、「笑い」の根源を動物や鳥の「無垢」な目で表現しようとしたミロの思いが伝わってくるのであった。

天才画家ピカソは、さまざまなフォルムの「目」を描いた。ピカソの手にかかると、常識をこえたところに置かれた「目」が、生きて輝きだす。ミロがあらゆるところに「目」を描いたのも、キュービスムの大先輩ピカソから学んだのであろう。

ミロはシュールレアリスムの画家だが、その作風は違っていた。見る者の心を捉え、笑いを誘うのは、対象を見事に変形させ、美しく彩った色調が音楽を奏でるからだ。どの画家にも見られないような独創性に満ちているからであろう。

ミロがはじめてパリに出てきたのは二十七歳のときである。ピカソのアトリエを訪ねて、油彩の「自画像」を買ってもらった。ピカソはこの絵を手離さなかったため、現在はパリのピカソ美術館に収められているが、このとき受けたピカソの励ましを、ミロは終生忘れることがなかったという。

フランス遊学は、ミロの画風を大きく変えていく。ミロは、絵画よりも文学や詩歌に興味をもつのである。とくに、新しい視野を開かせた詩人たちとの交遊が、ミロに内在していた詩的な感性を触発させた。詩集の挿絵や詩画集の制作も手がけていたミロは、次第にリアリスム絵画から遠ざかるのだ。ミロはこういっている。

「神経を集中する要素は、詩、音楽、建築のなかに、また普段の散歩中に郊外で聴く馬のいななき、馬車の車輪のきしみ、ひづめの音、夜間に聞こえる遠吠え、こおろぎの声という何気ない音のなかにあるのです」

すべてのものがミロに深い感銘を与えた。その音が、ミロのこころの奥深くで共振し、詩となり絵となったのだろう。

西洋美術史家の関根秀氏は、具象画家から出発したミロが抽象画家への道を辿ったのは、「時代の運命だった」と言い、「ミロが芸術家への道を志すにあたってもっとも幸せだったことのひとつはキュービスムが絵画を解体しはじめたときに、彼が内なる芸術を解体して画家への道を歩みはじめたことだろう」と語っている。

私は、美術館巡りが好きである。アメリカを旅したとき、かねてからの希望であったニューヨーク近代美術館を訪ねた。そこにはピカソの『アヴィニヨンの娘たち』やゴッホの『星月夜』などの名画が所蔵されていると聞いていたからだ。このとき私は、ミロの有名な『オランダの室内』（九二cm×七三cm）があることを知らなかったので、この絵に対面したときの興奮は言葉に言い表せない。迫力に圧倒された。色彩が実に美しい。

この絵は、十七世紀のオランダの画家ヘンドリック・ソルフの『リュート奏者』（一六六一）を写したものである。オランダ風俗画の細密な写実主義に興味をもっていたミロは、一九二八年の春オランダへの旅に出る。現地の美術館を訪ねては何枚もの絵葉書を買うのである。そのなかにソルフの絵があった。室内で男が、向かいあって座った女にリュートを演奏して聴かせている。窓外は秋の気配か、テーブルクロスが真っ白だ。そのうえに果物、そして足もとには犬が一匹という構図であった。

この『リュート奏者』を分解し、再構成して、『オランダの室内Ｉ』（一九二八）を描いたのである。まず女が姿を消している。白いテーブルクロスが膨れあがって男の襟飾りを飲み込む。さまざまな生き物が中央に変形して描かれ、壊れたようなリュートの周囲を乱舞している。犬のしぐさがユウモラスだ。あらためて画集を見てみた。そこに紹介されたソルフの原画がなければ、どこからこんなフォルムが生まれてくるのか、キュウブの理解に苦しんだことだろうと思いながら、その場に立ち尽くしていた。

日本人の多くがそうであるように、私も洋画といえば印象派が好きであった。それが、マチス、デュフィ、ブラマンクらが代表するフォービスムの絵やピカソ、ブラックらのキュービスムの絵に惹かれるようになったのは、ミロのお陰かもしれない。

超現実主義の作品や抽象絵画の前に立つと、いつも戸惑っていた私は、絵を見るとすぐ題名に目が移り、題名から絵を理解しようとする情けない美術愛好家であった。だから抽象画の前では、つい足が速くなっていた。いつぞや東京で開かれた「サロン・ド・メ展」をみたときなども、シュールレアリストの作品群に、頭を抱えたものである。しかし、なぜかミロの『スペインの女』は別であった。無限の自由にあふれたミロの絵に惹かれていたのである。

「私がカンバスに描く記号は心に浮かぶイメージの具体的な表現なので、それは現実のイメージではなく、現実の世界に属してはいないように見えるかも知れない」といっているミロの言葉が、現実味をおびて迫ってくる。

英美術批評家のローランド・ペンローズは、ミロの絵についてこう語っている。

「彼は無邪気に絵画言語を創出した我々の祖先に似ている。この絵画言語は永遠的、普遍的なやり方で語りかけてくる。形象は我々の祖先の原始的形象のように意味に結び付かずに想像力をかき立てるものとして作用する」(『ミロの生涯と作品』)

印象派の画家たちが日本の浮世絵に魅せられたように、ミロもまた浮世絵に学んでいたというのも私の新たな発見であった。詩人のミシェル・レーリスに宛てた手紙に「日本の画家北斎は一本の線あるいは一つの点を見せようとした。ただそれだけだった」と書いているが、このことについてヤニス・ミンクは、「ミロは明らかに自分の作品で、日本の簡潔な詩形である俳句のように、みずみずしい瞬間的な知覚に集中する効果を作り出そうとした」と解説している。そういえばミロは、アトリエの仲間を描いた『E．C．リカルトの肖像』（一九一七）の背景に、浮世絵版画を色彩豊かに描きこんでいた。

日本にシュールレアリスム芸術をはじめて紹介した画家の福沢一郎も「西欧のシュールレアリスム絵画と、俳句、盆石、枯山水、禅などの日本の伝統文化の精神が共鳴する」と指摘しているのが、面白い。

「作品の着想は、こころの中で燃え上がるようでなければならないが、それを現実化するには、医術のような冷静さがいる」と語っているミロ、対象を複雑な角度から幾何学的な面に分解し、再構成する技法を創出したキュービスムの画家となったミロは、絵師ならぬ外科医師とさえ思える。耳を澄ますと音楽が響いてくるから楽師といえようか。

ミロの初期の作品は、『土』とか『耕地』とか『絵画』といった題名が多かったが、『鳥に石を投げる人物』とか『月に吠える犬』とか『真夜中のナイチンゲールの歌と朝の雨』とか『炎の車輪となって空の青を渡るハシゴ』などの題名を付けた作品が多くなってくる。絵の題名は、とかく説明的な表現になりがちなのに、ミロのこうした題名に触れると、よい音楽を聴いたような余韻が残るのである。交遊していた詩人や音楽家たちと一緒になって、付けたのではないだろうか。『ヒバリの金青色に縁取られた翼が、ダイヤモンドに飾られた草地に眠るヒナゲシの心に再び届く』など、まさに詩だ。

十数年前、パリに遊んだとき、ふと小さな画廊を覗いた。ミロのポスター『犬と人と太陽』に手が伸びたのである。帰国して額装してみるとこれが実に素晴らしいのだ。いま、わが家の茶の間に掛けているが、ミロの絵は、書斎や応接室よりも茶の間の雰囲気が合うように思えて、思わず笑いがこぼれるのである。

「ミロは、詩人のための画家である」――ジュルジュ・コニエ――

（「美の風」二〇〇九・春）

接吻

東西に分断され行き来もままならなかった東ドイツを訪ねたのは四十年も前のことだ。旧ソ連の科学アカデミーと交流したあと東ドイツの科学アカデミーからも招かれたからである。モスクワから東ベルリンに入ると、冷たい風が肌を刺した。会議のあと、ポツダム、マイセンへと車を走らせ、着いたドレスデンは、雪であった。

エルベ川沿いの聖母教会は、焼け崩れた廃墟だ。バロック建築の象徴といわれたツヴィンガー宮殿も破壊されたが、いち早く修復されて美術館に変わり、戦渦を避けていたザクセン選帝侯の膨大なコレクションが、旅情を慰めてくれた。

古都ドレスデンは、戦争の惨禍をそのままとどめていて人の影もまばらだ。ふと小さな日用雑貨店の片隅にツヴィンガー宮殿の浮き彫り銅版を見つけて買い求めた。主人は「なんでこんなものを」と言わんばかりに笑顔もなく新聞紙に包みながら、「昔、宮殿では、貴族、高官たちが舞踏会を開いていたんだ」と、片目を瞑《つむ》った。

思い出したのが森鷗外の『文づかひ』である。鷗外はドイツ留学中ドレスデンに滞在していた。『文づかひ』には、舞踏会での妃との出会いが綴られている。


妃出《きさき》でたまひ、式部官に名をいはせて、ひとりびとりこと葉を掛け、手袋はづしたる右の手の甲に接吻せさせ玉ふ。

鷗外はまた、ミュンヘン大学に学んでいたころ、「仮面を載き、奇佐《きかい》なる装を為したる男女、絡繹《らくえき》織るが如し」仮面舞踏会に誘われたときの様子を、『独逸日記』に書いている。

仮面舞盛を極む。余もまた大鼻の仮面を購ひ、被りて場に臨む。一少女の白地に緑紋ある衣裳を着、黒き仮面を蒙りたるありて余に舞踏を勧む。余の曰く。余は外国人なり。舞踏すること能はず。女の曰く。然らば請ふ来りて供に一杯を傾けんことをと。余女を拉いて一卓に就き、酒を呼びて興を尽す。帰途女を導いてその家の戸外に至る。

このとき鷗外は、二十二歳であった。鷗外の小説『舞姫』(明治二十三年)に、少女は羞《はじらい》を帯びて立てり。彼は優れて美なり。乳《ち》の如き色の顔は灯火に映じて微紅《うすくれない》を潮《さ》したり。手足の繊《ほそ》く裊《たおやか》なるは、貧家の女に似ず。少女は少しく訛りたる言葉にて云ふ。許し玉へ。君をここまで導きし心なさを。……その見上げたる目には、人に否とはいはせぬ媚態あり。

とあるが、私は、この文章から、鷗外の青春の証《あかし》「舞姫」を知って、あらためて心うたれたのである。

こんなことを思い出しながら、歌人斉藤茂吉がウィーンに遊んだ時のことを書きとめた「滞欧日記」を開いてみた。これは日記というより随筆といっていい。「接吻」を見つけて、思わず頬が緩んだ。

歩道に、ひとりの男とひとりの女が接吻をしていた。

僕は夕闇の中にこの光景を見て、一種異様なものに逢着したと思った。そこで僕は、少し行過ぎてから、一たび其れをかえり見た。男女は身じろぎもせずに突立っている。

やや行って二たびかえり見た。男女はやはり如是である。僕は稍不安になってきたけれども、これは気を落付けなければならぬと思って、少し後戻りをして、香柏の木陰に身を寄せて立ってその接吻を見ていた。その接吻は、実にいつまでもつづいた。一時間あまりも経ったころ、僕はふと木陰から身を離して、いそぎ足で其処を去った。

ながいなあ。実にながいなあ。

こう僕は独語した。そして、とある居酒屋に入って、麦酒の大杯を三息ぐらいで飲みほした。そして両手で頭をかかえて、どうも長かったなあ。実にながいなあ。こう独語した。……僕は仮寓にかえってきて、床の中にもぐり込んだ。そして、気がしづまると、今日はいいものを見た。あれはどうもいいと思ったのである。

この随筆にはもう一場面、接吻する男女の描写が出てくるが、「その時、僕は何かさげすむような気持ちで二人を見つめてやった」と嘲《あざけ》る。「男はやせて鋭い顔をしている。女は稍太り肉で、醜い顔」をしていたからしい。ときに茂吉は四十一歳であった。
林芙美子の『巴里日記』に、こんな散文がある。

マルセイユは旗の街です
魚の絵のある料理店から
モロッコの女が客をよんでいたり
ブロンズを背負って売りに来るメキシコの男
牡蠣はレモンに埋もれてしまい
切手を売る店では
肥った神《かみ》さんが爪をみがいていた

昼のキャバレーでは
水夫と洗濯屋の女とが喧嘩をしていたり
百貨店では
みんな流行おくれのにせものばかり
交通巡査が
八百屋の娘とキスをしていて
空はずばぬけた青さです

林芙美子は二十六歳であった。茂吉のように「一種異様なもの」というほどの感慨はなかったようで、接吻の情景も、この散文以外に見当たらない。今日、ヨーロッパを旅していて、男女が接吻している様子を見て驚く者はいないだろう。日常ありふれた風物詩だからだ。しかし一世紀も前となると外国人《とつくにびと》は、茂吉のように夜のあけるまで眠りえず、ため息をついていたのである。

一八九三年のことだ。アメリカ大陸発見四百周年を記念するシカゴ万国博が開かれたとき、フランスからロダンの名作『接吻』が送られてくる。その梱包を解いた主催者側は仰天した。あまりにも官能的な作品だったからだ。人の目にふれさせてはならないと、公開は、会場奥の小部屋での申し込み制にしたというのである。

今年の四月、日本経済新聞の文化欄に連載された『接吻十選』は、興味深い読み物であった。執筆された西岡文彦多摩美大教授は、「接吻は行動で表す愛の言葉。さまざまな名画に描かれた接吻は、愛そのものの多様な絵姿となって私たちを魅了する」と、企画した意図を語っている。もちろんロダンの大理石像『接吻』も紹介されていた。

私は、美術館を巡り歩くのが好きでこれまでにも数多く訪ねてきたが、中でもパリのロダン美術館は別格であった。ロダンが気に入って購入したというだけあって、十八世紀の貴族の館は実に見事な芸術建築だ。緑の庭園に『考える人』が飾られている。『カレーの市民』、『地獄門』がある。池を回遊しながら画集でしか見ることのなかったこれらの作品を観たときの感動は、終生忘れることがないだろう。

ロダンといえば、そのスタジオにはいつも大勢の男女が動きまわっていたという。彼は裸の男女を自由に歩かせたり、横たわらせたりするのが好きだった。モデルたちの瞬間的な姿態を捉えて、スケッチしていたのだ。その様子を歴史家のウィリアム・ハーラン・ヘイル氏はつぎのように語っている。

「彼はモデルたちの体に流れる生命の美しさを静に味わった。彫刻用ののみを拾い上げようとしてかがみこんだ若い女のしなやかさに感動したかと思うと、腕を挙げて金髪をかきあげる女のえもいわれぬ優雅さや、部屋を歩く男の筋肉にみなぎる力を賞賛した。そして自分の意にかなった動きを見せるモデルがあると、そのままポーズを保つよう命じ、すばやく粘土をつかんで小さな像をつくりはじめるのだ」

『接吻』は、ダンテの『神曲』にでてくるパオロとフランチェスカの悲恋に想を得たといわれているが、作品は官能の業火にさいなまれる表現ではなくて、清純な愛を謳っているように思えた。女のももに触れている男の手と右足に見られる緊張感は、すっかり身をゆだねた女のポーズと対照的で、女の熱情に我を忘れてしまう男の姿を表現したと思える。みずみずしい生命力があふれでていて、観る者の想像力をかきたてる傑作だ。

男女の抱擁をテーマにした著名な絵画といえば、画家クリムトの『接吻』（一九〇八）であろう。発表と同時に政府買い上げとなって、美術界の話題をさらった大作（一八〇cm×一八〇cm）である。私が初めてこの絵を見たのはヴェルベデェーレ宮殿であった。

もう四半世紀も昔になるが、私は、二度目のウィーンの旅がかなって、世界一美しいといわれるウィーンの街を、観光馬車（フィアカー）で巡ったことがある。白馬の二頭立ての馬車だ。車輪は白、振鈴も白。御者の髭も真っ白で、歴史を語る建造物と好対照をなしていた。

荒いよあっしのウマたちゃ
馬車ならそこの堀の脇
こいつら二頭の駆けっぷりゃ
そんじょそこらじゃ拝めんさ

私は、爺さんの陽気な歌にこころ弾ませながら、クリムトの『接吻』

に対面したのである。オイゲン公が夏の離宮としたヴェルベデェーレ宮殿は、魅力的な美術館であった。その二階正面に掛けられた『接吻』の前から、動くことができなかった。部屋も、この絵を映して煌《きら》びやかな金色に輝いていた。しばし恍惚の夢を見させてくれた。

クリムト自身と恋人エミーリエ・フレーゲがモデルという。男に身をゆだね、陶酔する女。宝石のような文様が、足元にきらきらと光る。クリムトの絵には「エロス」という言葉が必ずついてまわるといわれるが、恍惚とは、この『接吻』の表情なのだ、とつくづく思わされた。まるで日本の屏風絵だ。金箔に彩られた女は、元禄繚乱に着飾った女房たちもかくやと、うっとりと見とれたのであった。

「接吻」の絵でもう一人忘れられないのがピカソである。一九八七年のことだ。ピカソの孫娘マリーナさん秘蔵のコレクションが姫路市立美術館で公開されたとき、オープンを待ちかねて駆けつけた。ピカソの展覧会はその後何度も観てきたが、この『ピカソ展』が初めてだったからだろうか、そのときの感動は、こころに深く刻まれている。

なかでもシュールレアリスム期に入ったピカソが、木炭、油彩で描いた『接吻』（一九三〇）、からみあう裸の男女を描いた抽象画『海辺の人物たち』（一九三一）、墨一色の小品『顔』（一九二五）、いずれも「接吻」だった。いまもそのとき戴いた『ピカソ展』の図録を開いては、楽しんでいる。

ピカソはアトリエに沢山のイーゼルを立て、モデルにポーズを取らせて想の浮かぶままに絵筆を取ったといわれている。美術評論家の瀬木慎一氏は、「画家とモデルということは、男と女ということである。彼は、画家であり男であるその眼から、女を見、人間存在の根源であるエロスを極限まで追及する」（『ピカソの芸術的生涯』）と語っているが、ピカソ展に見るどの作品も、描かれた男女はたしかにエロスに溢れている。

晩年の妻ジャクリーヌ・ロックとピカソ自身を描いたキュービスム作品『接吻』は、ともに恍惚の境地に入った二人の顔を解き崩している。それがまた、愛に燃えたエロスを感じさせるのである。一九六九年作といえばピカソ八十八歳なのだ。その旺盛な精気には、言葉もない。

鬼瓦爪のはんにゃの口を吸　（江戸川柳）

江戸っ子は、このように洒落のめしているが、しょせん日本では、ひそやかな「口づけ」であろう。
欧羅巴《よーろっぱ》では「接吻」（kiss）を、芸術にまで昇華させた。
男女抱擁の文化の違いに、深いため息が漏れる。

（「美の風」二〇〇九・秋）

鞆の浦物語

―瀬戸内を愛した画家　尾田　龍―

瀬戸内海に沿って西へ向かうと、みなとが連続している。すべて海駅である。みなとは湾にまとまった町を形成し、あるいはひろがり、あるいは島影にひっそりかくれている。しかし、どのみなとも個性を持って古い。みなとは人が来、休息し、去ってゆくところだ。あるいは漂着し、住みつき、出かけてゆく。そこには文学が生まれるが、それは舟唄の韻律を持ち、どこかへ出てゆく意思をつねにかくしている。

作家の足立巻一氏が瀬戸内海を詠った「文学の旅」から見つけた。こころに沁みる美しい文章だ。

万葉集（巻三）に、日置少老《へきのおおゆ》の歌がでてくる。


縄の浦に塩焼く火気夕されば行き過ぎかねてやまにたなびく

播磨灘の入り江、縄の浦（現在の相生市那波）に生まれた私は、万葉集のなかでもこの歌が一番好きである。

縄の浦から東に車を走らせ、野瀬、鰯浜の鄙《ひな》びた村落を過ぎると、突端は「万葉の岬」だ。紺碧の海がひろがる。

姫路の白鷺城の天守閣の上からでも、書写の御山の姫小松の隙からでも、八家の地蔵堂の崖縁からでも、又は赤穂の岬からでも、凡そ播州一国のうちなら、少し高い丘へ上れば、南の海の青畳の上にあの優しい島の姿が見えない所はないといっていい。

谷崎潤一郎が『乱菊物語』に描いた風景そのままである。松に囲まれた七曲りを抜けると室津《むろつ》だ。『播磨国風土記』に「この泊風を防ぐこと室の如し」と出てくる。

旅の途中、惹かれてこの地に降りたという作家の古井由吉氏に、「室の湊へ零《こぼ》れ落ち」というエッセイがある。

「室津の港だけが暮れ残っている。小さな入江を抱えこんでいる。その岸の線に沿って漁船がびっしりと並んで泊まり、それをまた取り巻いて、瓦屋根の家々がほとんど壁に壁を接してひしめきあい、わずかな浜から山の中腹まで這いあがっている」

竹久夢二の、旅籠《はたご》の女主人をモデルにした『室之津懐古』には、この壁と壁が接した家々とびっしり並んだ船が描かれている。画家や文人の心をひく港だ。

室津には、いまも本陣の跡がある。九州から瀬戸内海、畿内への交通の要衝であった。対馬府中、壱岐勝本浦、筑前藍島、長門赤間関、周防上関、安芸蒲刈、備後鞆浦、備前牛窓、播磨室津と、参勤交代大名の宿として栄えた。室津からは陸路をとって江戸に向かった。戯作者井原西鶴をして遊女発祥の里と言わせた室の津である。

与謝蕪村は讃岐への旅の途次この地に泊まり、「梅咲いて帯買ふ室の遊女かな」と詠んでいるが、室津はまた梅の里であった。日本画家奥村土牛に、

室咲きの薄紅梅や寒の入

の句がみえる。

姫路に生まれた尾田龍先生（一九〇六〜一九九二）は瀬戸内海の風景をこよなく愛された洋画家だ。ある日、イーゼルをかつぎ、絵の具箱を小脇に抱えた先生と新幹線でご一緒したことがあった。

「鞆《とも》の浦を写生にゆくところです。描きたいところが年々消えていくので、今のうちにと思いましてね。早く来いと呼ぶ声が聞こえるんですよ」

先生は、まるでキャンバスを前にしているかのように、瀬戸内海や九州の島々の魅力を訥々と語ってくれた。のちに先生から、自叙伝『春風秋雨』（非売）を頂戴していたのを思い出して開いてみると、挿入された数葉のカラー図版のなかに『鞆港』（七二・七cm×九〇・九cm）が入っていた。一九八三年作とある。偶然先生と出会った日のことが思い出された。函入りの豪華本だ。ご自身で装丁され、表紙には曼珠沙華が三輪、朱に炎《も》えていた。

この本のなかで先生は、「幕末から明治にかけて繁栄した町が、崩れかけ、老いさらばえた形で残っているのも興味深い。かつての回船問屋の屋根に草がはえ、海鼠壁の土蔵が崩潰を待つばかりの姿を水にうつしている。こんな情景がかけるのもあと十年ぐらいなもので、高度成長期を境にどんどんとつぶれていった」と、嘆かれていた。

「単なる懐古趣味だけで絵をかいているのではないが、絵を描く衝動を与えてくれるのはこのような情景が多い。空も海も朱にそめてだんだん島影に沈む夕陽を眺める」そのひとときに絵描きとしてのよろこびを感じるといっておられた先生は、それから十年もたたない平成四年に、八十六歳で旅立たれた。

鞆の浦といえば大伴旅人のこんな歌がある。

我妹子《わぎもこ》が見し鞆の浦のむろの木は常世にあれど見し人ぞなき

万葉の昔、鞆の浦にむろの木があった。大伴旅人は大宰府に赴任する途次、妻の郎女《いらつめ》とここに立ち寄る。やがて妻は大宰府で没して都へ帰るときには一人旅、この木を眺めて悲嘆にくれた哀歌だ。

鞆の浦は、筑紫から浪速へのちょうど真ん中辺りにある。一番最初に国立公園に指定された名勝の地で、昭和十四年発行の瀬戸内海国立公園（弐拾銭）切手に「鞆の浦と仙酔島」が描かれている。仙酔島、皇后島、弁天島などの島々に囲まれた鞆の浦は、魅力的である。

仙人が、あまりにも美しい景色に酔い臥しているうちに島になった、といった伝承を耳にすると、つい旅情を誘われる。

箏曲家宮城道雄は神戸生まれだが、鞆のまちは先祖の地で、はじめて訪ねた思い出を「鞆の津」という随筆にしている。

「舟の進む波の音も広い処に出たように感じた。此処は「口無の瀬戸」と云って、どちらへ出ていってよいか出口が分らないと云われている所だ。白い波が、ちょうど兎の飛んでいるように見える。遠くの方には、四国の山々がうっすらと見えていると云われた」

元亀年間に崖の上に建てられた阿伏兎《あぶと》観音に杖を曳いたときの旅日記である。

「観音様の楼の段々を登り詰めると下のほうから微かな波の音が聞こえて来た。私は観音様の慈悲や親の慈悲というようなものを感じながら外へ出て、朱塗の手摺やぎぼしなどをさぐってみたが、古びた感じであった」

夕方、仙酔島の吸霞亭に着いて「霞を吸い込んだと云う洞穴のお風呂に案内された」。

琴の調べがこころに沁みる好エッセイだ。

宮城道雄は、昭和五年(一九三〇)の歌会始の勅題「海辺の巌」にちなんで、鞆の浦の景色を印象して名曲『春の海』を作曲した。

屋島を追われた平家は、鞆の浦で陣を建て直そうとするがさらに敗走、壇ノ浦にのがれて滅んだ。源平盛衰の戦《いくさ》の段が目の前に浮かんでくる。盲目の琵琶法師の弾く『平家物語』の琵琶の音と、盲目の箏曲家の琴の調べ『春の海』が、幽かに聞こえてくるのである。

春の夜の琵琶聞こえけり天女の祠　　夏目漱石

平安時代に建てられた鞆の聖観寺は、最澄の手になるという。また、空海もこの地に医王寺を創建した。修験者の歩いた古道がある。鎮守の森や古刹が点在する。映画監督の宮崎駿は古い町並みに想をふくらませて、アニメ映画『崖の上のポニョ』を作った。尾田先生も、強烈な色づかいの油絵『崖の上の家』（一九七九　姫路市立美術館蔵）を描きのこしている。

芸術家の感性をふるわせた鞆の浦。花崗岩を積み上げた防波堤が築かれ、長い竿石を積み重ねた石段がある。石工たちの手になる景観にこころが和む。第八次朝鮮通信使の従事官李邦彦は福禅寺の対潮楼から眺めて、「日東第一形勝」と讃えたと伝えられているが、北前船の航路の安全を導いた常夜灯が、いまに残っているのも嬉しい。

そんな鞆の浦を埋め立てて橋を架けるという計画が持ち上がって、地域の人々は引き裂かれた。訴訟問題にまでなっていたが、先般広島地裁が県に対して「埋め立て免許差し止め判決」を下したため、一地方の訴訟事件が全国的なニュースとなったのだ。「文化的、歴史的景観は国民の財産だ」と言いきったこの判決は画期的だったのである。恐らく裁判官は、ユネスコが世界遺産に、「自然と人間の営みによって形成された景観を文化的景観」として認めた（一九九二年）ことを重く見たのではないか。

横浜市で「まちづくり」に携わった田村明氏は、景観に留意した案を建設省に提出したところ、都市計画化の担当者から「まちを美しくしようなんてけしからん。景観など大蔵省が認めない。現に東京の日本橋の上だって高架道路が通っている」（『まちづくりと景観』）と書き残している。四十年も前の話である。

人生模様を織りなし、様々な物語の舞台となった「お江戸日本橋」は、いまは薄暗く覆われ、川は穢《きたな》く澱んでいる。昨今、「日本橋の空を取り戻せ」という声が高まっているものの、元の姿に帰すのは容易ではないだろう。

江戸は水の都であった。隅田川の大川端に育った芥川龍之介は、「もし自分に東京のにおいを問う人があるならば、自分は大川の水のにおいと答えるのになんの躊躇もしないであろう。ひとりにおいのみではない。大川の水の色、大川の水のひびきは我が愛する東京の色であり、声でなければならない」（『大川の水』）と、愛惜《いとおし》んでいる。

日本画家の鏑木清方も、大川への想いをこう語っていた。

「明治の世に都の東南大川の水が築地の海に注ぐまでその一帯の下町に抱く私の郷愁は、底なしの井から汲む水のように尽きることを知らない」（「市人の暮らし」）

清方は、幼いころから恵方詣《えほうもうで》は佃島の住吉明神にしていたという。「長さ五間に足らない佃小橋」が、木橋から現在のコンクリートの橋に建て替えられる直前に写生したのが『佃島の秋』だ。橋の上に立つ鰯売りの少年と島の小娘を描いた絵は、ほのぼのと抒情を誘う。

私は昨秋、清方の絵に惹かれて佃島を訪ねた。佃小橋の朱の欄干こそ昔の面影をとどめていたが、林立する高層ビルに囲まれて、船泊まりは小さな溜め池だ。私は、一艘舫《もや》ってあった船を描こうとしたが、筆が止まった。しばらく佇《たたず》んでいた。

　そんなとき、朝日の天声人語氏から動物行動学者日高敏隆京大名誉教授が「動物はときに自然を破壊するが自然を単純化はしない。しかし、人間は手を加えて単純化する。単純化したもろい環境が世界に広がっている」と嘆いていると教えられた。「自然を支配しようとする人間の生きかたを変えないといけない」と訴えていた日高さんの訃報を聞いたのは、佃島を写生した翌日である。秋の陽が輪をひろげていた。その小波《さざなみ》に老碩学の言葉を想ったのであった。

　暦は如月に変わった。二月一日の朝刊を開くと、日本文学研究者のドナルド・キーンさんが『心の風景』（読売）にこんなコラムを寄せていた。日本の一番好きな場所はどこですかと聞かれると、「様々な思い出のある京都と答えるが、今日、原稿を書こうとして、小さな町の名を思い出した。鞆の浦」という書き出しで、「本物の伝統を守っている生きた町という実感が湧いた」と、二十年前の思い出をつぎのように書いていた。

「町から見た景色は正に絶景だった。目前には島々、遠くに目をやれば四国の山が美しくそびえていた。そんな景色にうっとりした私は、世界に瀬戸内海ほど美しい海があるだろうか、とさえ思った。町も美しい。細い道を歩きながら、昔の日本の町はこうだったと嬉しく思った」

鞆の浦を想い、佃小橋に遊んだ。老いてから絵を描きはじめて、風の音や水の光を感じるようになった。美しい自然や、生活のにおいが消えてゆくのが、なんとも傷《いた》ましい。

（「美の風」二〇一〇・夏）

碌山美術館の『文覚』と『女』と『デスペア』

この夏、久しぶりに信濃の旅に出た。北アルプスの残雪が陽に光っていた。峨峨たる山岳を背景に田園がひろがる。路傍に「愛の道祖神」が微笑んでいた。ここ安曇野には、個性的な美術館が多い。近代彫刻の先駆者と呼ばれた荻原守衛（碌山）の作品を展示する碌山美術館もその一つだ。木立に囲まれ蔦のからむレンガ造りの建物が、美しい安曇野の風景に溶け込んでいた。

私が、碌山美術館を訪ねる旅に心弾ませたのは、『文覚』像に出会うことであった。故郷の姫路に文覚が開いた古刹盛徳寺がある。慈円の『愚管抄』に、「行あれど学なき仁也」と書かれている文覚が、上人として祀られている。そんな僧文覚に関心があったからだ。

文覚上人は、北面の武士遠藤盛遠であった。血気盛んな若武者のころ、同僚の渡辺左衛門尉渡の妻袈裟御前に想いを寄せたことから、悲劇が起こる。史実と架空をとりまぜた物語は、『平家物語』や『源平盛衰記』に出ていて、江戸の戯作者も好んで筆にしていた。

旅に出る前に『源平盛衰記』を読み直してみた。巻十九に「文覚発心の事」があり、冒頭、「文覚道心の起こりを尋ぬれば女故なりけり」と書かれていて、興味を引く。

姨母に娘一人あり、袈裟と呼ぶ。

「青黛の眉のわたり、丹華の口つき愛々しく、桃李の粧ひ、芙蓉の眸、いと気高くして、緑の簪、雪の膚、楊貴妃・李夫人は見ねど知らず、愛敬百の媚一つも闕けず。……西施の再誕か、勢至の垂跡か」

と詠われた美女だったから、「人々、我も我もと心を通わす」。盛遠の恋心は激しく燃えた。

袈裟御前に想いのたけを寄せるのだ。

女の曰く、「我左衛門尉が髪を洗はせ、酒に酔はせて高殿に臥せたらんに、ぬれたる髪を捜って殺し給へ」と言う。盛遠悦びて夜討ち。「あな無慙や、この女房が夫の命に代わりけるにこそ」といった悲恋物語は芝居にも登場、江戸庶民の紅涙を絞らせた。

菊池寛も、五駒の戯曲『袈裟の良人』を書いている。

朧月夜の春の宵。月は、まだ圓ではないが、花は既に爛漫と咲き乱れてゐる。東山を月光の裡にのぞむ五条鴨の川原に近き渡邉渡の邸の寝殿。花を見るためか、月を見るためか、簾は揚げられてゐる。袈裟は、年十六。輝くが如き美貌。

といった「情景」から舞台は展開する。
芥川龍之介は、この悲話を短編小説『袈裟と盛遠』（大正七年）にした。二人の屈折した情感を上・下二話に分けて、独白の形で生々しく綴っている。しみじみと胸に沁みる、名文である。

上

「夜、盛遠が築土の外で、月魂《つきしろ》を眺めながら落葉を踏んで物思いに耽っている」
その独白
――もう月の出だな。己も今日ばかりは明るくなるのがそら恐ろしい。今までの己が一夜の中に失われて、明日からは人殺しになり果てるのだと思うと、こうしていても体が震えて来る。この己を、この臆病な己を追いやって罪のない男を殺させるその大きな力は何だ？……

己はあの女を蔑んでいる。恐れている。憎んでいる。しかしそれでも猶、それでも猶、己はあの女を愛している――

どこかで今様を謡う声がする。

げに人間の心こそ、無明の闇も異らね。ただ煩悩の火と燃えて、消ゆるばかりぞ命なる。

下

「夜、袈裟が帳台の外で、燈台の光にそむきながら袖を噛んで物思いにふけっている」

その独白

――私はあの人の憎しみに、あの人の蔑みに、そしてあの人が私を弄んだ、その邪な情欲に仇を取ろうとしていたではないか。それが証拠にはあの人の顔をみるとあの月の光のような不思議な生々しさも消えてしまって、ただ、悲しい心もちばかりが、たちまち私の心を凍らせてしまう——

「袈裟は燈台の火を吹き消してしまう。程なく、暗の中でかすかに蔀《しとみ》を開く音。それとともにうすい月の光がさす」

おのれの愚かさを思い世の無常を知った盛遠は、墨染めの衣に身を包み文覚と名乗って旅に出る。

特急「あずさ」に乗って松本まで行く車中で、こんな文覚と袈裟御前の絵巻物を想い浮かべていると、なにか、心に疼くものがあった。

碌山美術館では、顎に手を当てて蹲るブロンズ像の『労働者』(一九〇九)が出迎えてくれた。さして広くもない展示室に彫刻作品が並べられていた。

等身大よりひと回り大きい『文覚』の胸像（一九〇八）が、逞しく腕を拱んでいた。その胸は厚い。風貌は自信と強い意思に満ちて、心の迷いを振り払ったかに見えた。第二回文展で入選した作品は、私を圧倒した。振り向くと、相対して置かれた『女』像（一九一〇）が目に止まった。近代彫刻の最高傑作といわれ、明治維新以降に日本人が造った彫刻の中で、最初に重要文化財に指定された作品だ。

買い求めた図録に、「苦悩の恋の相手相馬黒光の面ざしがある」と説明されていた。黒光への恋慕の苦悩の中で生まれた作品だ。『女』の斜め前には『デスペア』（一九〇九）が飾られている。裸身を投げ出すようにして顔を地に伏した造型、髪が震えていた。まさしく「絶望」である。

この三体のブロンズ像は、守衛の「恋の三部作」といわれている。琵琶法師の調べか、嫋々とした音《ね》が聴こえたように思えた。文覚と袈裟御前、守衛と黒光の恋が、幻影となって浮かんでくるのであった。

旅から帰って関係する本や資料を探した。何かを探していると、ふとした偶然に出会うことがある。そんな思わぬ発見をセレンディピティ（serendipity）というそうだが、黒光が守衛の死を悼んだ悲痛な、凄まじいまでの魂の叫びを聞くことができたのは、相馬黒光の「彫刻家荻原碌山」という一文を見つけたからである。

「アトリエに入ると、故人の作品は今は累々たる屍のように見える中に絶作となった『女』が彫刻台の上に生々しい土のままで、女性の悩みを象徴しておりました。私はこの最後の作品の前に棒立ちになって悩める『女』を凝視しました。高い所に面を向けて繋縛から脱しようとして、もがくようなその表情、しかも肢体は地上より離れ得ず、両の手を後方に廻したなやましげな姿体は、単なる土の作品ではなく、私自身だと直覚されるものがありました。胸はしめつけられて呼吸は止まり、私はもうその床の上にしばらくも自分を支えて立っていることが出来ませんでした」

守衛に、文覚の創作意欲を駆り立てたのは黒光であった。黒光から鎌倉の成就院に文覚上人像があると教えられた守衛は、ある日、黒光を誘って成就院を訪ねる。

荻原守衛が雑誌「芸術界」（明治四十一年九月号）に、「文覚の木彫を論ず」という随筆を書いていたのも手にすることができた。

「その燃えなんとする胸を鑿刀に伝えて、読経の餘、補政の暇、彼の愛育せる頼朝と彼文覚自身の木像二体に刻みて自ら楽しみ且はその寺の本尊としたものと見えるが、一度火を失したる時、像は難を脱がれて此の成就院に来たものと見える。一瞥して其瞬間の印象を、今も尚打ち消す事が出来ぬ。赤裸々たる一快僧、天地の諸相をその眸底に云ふ様な圓なる巨眼を見開き、一文字に堅く結べる口、一度開けば天下も征夷大将軍も忽ち脱服して了はねば止まぬと云う様な趣も、嘗ては嬋妍たる花の袈裟を断ぎった其の腕は固く固く其の胸に拱んで居る。かつては天下を我が掌中にもにぎらんとあせる若き武者盛遠、果敢な恋の夢に心機一転し、頭を圓めて法界の人となれるも、圧へ難き野心と熱烈の焔と内に燃えて消さん術もなく終に頼朝の帷幄に参じ豪放の心を行李、那智の懸爆に熱火を洗わんとす。明暗迷悟の境に迷ふて、瞑想又黙想、終に其の解決に苦しめる。その文覚その人が吾人の前に黙然として直覚した。僕等は袈裟の性格などを話しつつ七里ケ浜の前へ歩いた」

はるか古《いにしえ》の文覚と袈裟御前の心情を語り合った二人、そのとき受けた感動が伝わってくるのである。

その後守衛は、相模の国第一の名瀑といわれる洒水《しゃすい》の瀧を訪ねる。文覚上人が百日間の荒行を積んだ瀧である。文覚が安置したと伝えられる瀧不動尊に詣でて、滾《たぎ》り出る情熱を叩きつけ、文覚像を刻むのだ。

碌山こと荻原守衛（一八七九～一九一〇）は、ニューヨークで皿洗いをしながら美術学校に通い、一九〇五年五月フランスに渡ってパリのアカデミージュリアンに学んだ。ある展覧会でロダンの『考える人』に出会い、「瞬間、自失するばかりに驚いた」守衛は、その日の感動をこう述懐している。

「作品は想う人というダンテの戯曲中の一人、地獄の入り口に立ってその門を眺め、もって宇宙人生の真相を想像しつつある人であって、実に想う人である。頭の天辺から足の爪先まで、一点の隙間もなく想い満ちている。もしも世に人間の想というものがあったならば、その形は必ずかういふものであると感じた。私は作品に接して始めて芸術の威厳に打たれ美の神聖なるを覚知して茲に彫刻家になろうと決意した」

ロダンに教えを請うた守衛は、一年余の勉強を経て帰国、同郷の先輩相馬愛蔵と黒光に再会する。東京・本郷に小さなパン屋を営んでいた相馬夫妻は新宿に出て、現在の味と文化の老舗「中村屋」を築いていた。そこは中村彝や荻原守衛ら文人、芸術家が集まる文化サロンの様相を呈していて、そんな芸術的雰囲気を楽しむ黒光は、華であった。アトリエまで提供してもらった守衛は、黒光に心を奪われるのである。

守衛は黒光より三歳年下であったが生涯思慕の情を秘めていた。二人の思い出を、『文覚』、『デスペア』に刻んだ守衛は、『女』を完成してわずか一ヶ月後に急死する。三十二歳の若さで天才彫刻家荻原碌山は、燃え尽きたのだ。

「死の直前、三月二十八日に次男襄二が亡くなりました。如何なる縁か碌山は大層この児を可愛がりまして、よく世話をしてくれました。二十四日目の墓詣りから帰ったその晩、突然私の茶の間で談笑中喀血し、翌晩の同時刻にまた喀血を繰り返しました。この再度の打撃は私を狂死させるばかりでした」(『黙移　相馬黒光自伝』)

荻原守衛は常々、「私の精神を動かしうるものは乗鞍、槍ヶ岳のごつごつした山である」と言っていた。守衛の生家正面の西空には常念岳が大きく立ちはだかっていた。ロダンの『考える人』の前に立って、「夜の明けるような感激に至りつき絵から彫刻に進んだ」その転機を、懐かしいふるさとの自然に学んでいたのである。相馬黒光もこういっている。「『文覚』、『女』の一群の彫刻は、山、山、山の母胎か人身への発展の象徴でもあろうか」(『相馬愛蔵・黒光著作集』)と。

美術館巡りは、ときにこんな発見があるから楽しい。今回は、文覚と袈裟御前、碌山と黒光を重ね合わせて、はるか千年昔の平安時代から現在に織り成してきた男と女の美しくも哀しい生を考えさせられた。

守衛の死を聞いたロダンは、高村光太郎に「自分の後継者を失った」

と慟哭したと言われている。その声が展示室のなかに幽かにひびいてきたように思えた。アメリカで、またフランスで親交を深めた彫刻家であり詩人であった高村光太郎が、「荻原守衛―アトリエにて」という随想を、雑誌「新潮」（昭和二十九年）に寄せている。

「荻原守衛の芸術の如きは、時代的に古くなればなるほど、人に郷愁のようなものを感じさせ、人の心をとらえ、人を喜ばせ、美の一典型のようなものを感じさせて止まない」と語りかけた切々とした哀悼の詞は、こんな詩で始まっていた。

単純な子供荻原守衛の世界観がそこにあった、
坑夫、文覚、トルソ、胸像。
人なつこい子供荻原守衛の「かあさん」がそこに居た、
新宿中村屋の店の奥に。

無邪気で、純粋で、素直な荻原守衛は、ロダンの洗礼を受けて日本彫刻界のくらやみの中へ飛びこんだ。彫刻活動はわずか二年、彼の彫刻が日本の底で逞しく生きていた。

（「美の風」二〇一〇・冬）

日の出

石神井川辺《ほとり》のソメイヨシノが開き始めた。二分咲きほどだろうか。きょうは「春分」である。ふと、堀文子の小品『さくら一枝』が浮かんできた。

私は、一九五二年の春に創刊した日刊「社会タイムス」の記者をしたことがあった。文芸評論家の青野季吉を社長に迎え、田宮虎彦の小説「寛永主従記」に日本画家福田豊四郎が挿絵を添えた。画家を志していた堀文子はカットを描いていて、画稿を手にした姿をよく見かけたものだ。

堀文子の画文集『日々去来』を拾い読みしていると、随筆「初日の出」

が目に止まった。

「天も地も、まだ夜の闇に包まれ、目をこらすとその闇の裾に、時折、白い波がもり上がっては砕けるのが見えた。

凍りつくような大磯の浜辺に立って、私はやがて訪れようとしている初日の出の光景をみようと、かたずをのんで待っていた。

黒い闇が、少しずつ白みはじめ、夜明けの準備はもう整ったらしく、夜の底からひたひたと暁の色がにじみ出てくるのが感じられた。

深い銀ネズ色のもやの中から海と砂浜がほのかに浮かび上がってくる。にわかに太陽が近づいたらしく、天に幾すじかの雲の形が浮かんだかと思うと、たちまちその縁が金や桃色に燃えはじめた。しののめ雲に朱や金や紫の炎がもえうつり、水平線のあたりから天空に向かって壮大な乱舞を始めた」

美しい文章にシビレた。これは詩だ。薄墨で刷いたような『日の出』

が一葉添えられているのを眺めながら、私は二度三度口ずさんだ。画文集の〝あとがき〟に、「感動を言葉にする訓練が、私には殆どなかったことに驚き、色や形を組み立てることに感動を置きかえていた自分の経歴を、いまさらのように思い知らされた」とつぶやいている。

堀文子の近作集（一九八二）に、こんな詞《ことば》が見える。

結んでは消え、
絶え間なく移ろう自然の姿にうたれ、
その美にすがりながら心をむなしくして、
その時の感動を描きとめたいと思う。

「感動を描く」。こういう詞に出会うと、うれしくなる。

洋画家三岸節子も若いころ東京日日新聞にカットを描くアルバイトを

している。三岸に「日の出」というエッセイがあったのを思い出した。

「早朝画室を開けたとたん、あっとばかりにカタヅをのんだ。朝日が白銀色に山の稜線の上に浮き、その山は紫色のシルエットとなり、前面に満開の桜。つい先日見て帰ったばかりの姫路城の七分咲きの桜も、また醍醐寺三宝院のシダレ桜も見事であったが、わが家の桜もなんとあでやかな美しさであろう。

新しい山の上の一軒家は、正面に大島を太平洋に浮かべ、両袖がゆるやかに弧を描いて山が海に向かって流れているといふ、これが画室の眺めである。この風景の春夏秋冬、座ったままで描けるのが、私の風景画家への希望であった」

堀文子といい、三岸節子といい、日の出の煌く瞬間にこころ震わせている。お二人の感性ゆたかな文章に惹かれて、美術関係の本や新聞記事をひっぱりだした。手元にあった『藤島武二画集』を開くと、いきなり油絵の大作『東海旭光』（一九三二）が目に飛び込んできた。

そういえばたしか日本経済新聞の『美の美』欄に、藤島武二を紹介していたはずだと、切抜きを探していると、二ページに亘って上・中・下三回連載していた「日の出を求めて　藤島武二」（文・白木緑）が見つかった。神奈川県湯河原の日の出を取材する恩師のお供をした猪熊弦一郎が、「回想記を『藤島武二回顧展図録』（一九八九）に寄せていた」ということも、この記事で教えられたのである。

同室で寝ていた猪熊は雨戸を開ける音に目をさました。まだ真暗な空を背に藤島が窓に腰かけ、パステルとスケッチブックを手に待ちかまえていた。「太陽が正にホルゾンタル（水平線）を切ろうとした其の時である。先生のパステルが紙面を走り始めた其の強さ、其の速さ、本当に一瞬の出来事をとらえる神業である」紙面は、「只ピンクとオレンジ・ヴァーミリヨンの粉の山……、先生が眼をしっかりと据えてごしごしとパステルを動かす姿はまったくすさまじく感激した」

ふと、私の脳裡に香月泰男が浮かんできた。津和野を旅して香月美術館に立ち寄った日は、幸い『《私の》素描展』が開かれていたのである。「デッサン・素描をすることは、ものを感触を通して知る方法である」といっていた香月、素描はいずれも簡潔な描写で寸分の無駄もない。足が止まったのが『日の出』であった。水平線上に顔を出した旭光を、クレヨンで描いたもので、こどもの絵のように見えたが、不思議にこころを奪われたのである。

朱に染まった空を飛んでいるのはカモメだろうか、「香月の黒」といわれる薄墨で、さっと刷いている。6.1.72 Y.Kazukiと、絵の上部に記されたサインも気に入って、『日の出』のリトグラフを買い求めた。

香月は、『日の出』を描く前日に、『青島』を描いていた。同じ構図でこの日は『日の出前』と『暁天』を連作している。この二点には防波堤を右下方に入れているが、『日の出』にはそれがない。すべてを削ぎ落としてしまって、日の出の一瞬を捉えていたのである。

香月泰男（一九一一〜一九七四）は、十八歳のとき山口県の僻村三隅を離れて上京し、本郷にあった川端画学校に通った。藤島武二が主任であった。一九三一年の春、東京美術学校（現東京藝術大学）西洋画科に入学、藤島武二教室に入ったのだ。

洋画界の重鎮藤島武二は、晩年の約十年間日の出に魅せられて全国を行脚した「日の出の画家」といわれている。遠く蒙古まで足を伸ばして描いた日の出作品は百数十点に上っている。藤島の油絵は、たとえ画中に日輪が見えなくても空が朱や紫に染まっていたら、夜明けの風景と決まっていた。

香月は、猪熊弦一郎と藤島教室の同門であった。猪熊の方が九歳年上だが、日の出を描く恩師の様子をよく聞かされていたという。日南海岸に遊んだ香月の脳裏を、藤島武二先生の厳しい顔がよぎる。「十歳のとき初めてクレヨンを手にしてその色の美しさに魅せられた」と回想している香月は、画家を志すきっかけをつくってくれた恩師のパステル画に、クレヨン画で報いたのだろうか。『日の出』はそんな師弟の情愛を語りかけているように思えてならない。

香月の『日の出』に目を凝らしていると、不思議なことに「旦」の字が浮かんできた。「旦」は「よあけ」の意である。古い『大辞典』には、「日が一（水平線）の上に現れし義」とあった。香月の『日の出』はまさしく「旦」だ。一の上に耀く日は、黄金色である。その周りは朱だ。海面は、淡いブルーやイエロー、紫、赤のクレヨンで、さざなみ立っていた。

もう二十年も前になるだろうか、ぶらりと神田の古書街を漁っていて、古家新の『絵をかくこどもへ――やさしい手引き』（むさし書房）を見つけた。私はこの画家のことはよく知らなかったが、東京に研究所を構えたとき畏友森﨑秋雄さんから古家新の油絵『日の出』を贈られて、初めて著名な洋画家であることを知ったのである。私は、その迫力に打たれた。訪れる方々は事務所に架けたこの絵を目にすると一様に感嘆の声をあげる。しばらく美術論などに花を咲かせるのである。

『日の出』は、暗紫色の海面から暁を破って昇る光体を瞬時に描いている。「海はたちまち生動し、天空はために呼吸して、それは生きた絵画を描く人だけが、はじめて掴みうる傑作」といえる。眺めているだけで生きる喜びを感じ、勇気を与えてくれるのだ。

古家新（一八九七〜一九七七）は、兵庫県明石市に生まれた。京都高等工芸学校（現京都工芸繊維大学）を卒業し、朝日新聞学芸部に勤務する。神戸二中の後輩で東京美術学校（現東京藝術大学）に学んだ小磯良平とは生涯の友であった。向井潤吉らと行動美術協会を結成するなど画壇でも活躍、晩年は、小豆島に籠もって日の出を描き続けた洋画家であった。

「古いイスがイーゼルの役目を果たしており、その後の窓を通して、内海湾の向うの岬の山が見えた。その山を洞雲山という。その峰のくぼみに冬の太陽が顔を出すのだ。このイスにキャンバスを立て、その前の小さな古いイスにすわりさえすれば、えのぐも油つぼもナイフも道具いっさいは手の届く距離にあった。

冬の朝日の表情は大気の状況によって、赤かったり、青かったり、おぼろにかすんだりといろいろ。その朝の光が雲を染め、その染まった雲の色を海が映し出す。風があれば雲の色に動きが現れ、海もざわめいて表情に不思議な変化が生まれた。日の出の表情には一つとして同じものはなかった。だから古家さんは、今朝もまた自分の知らない新しい日の出の表情に期待する。真っ白なキャンバスがイーゼルにのせられ、古家さんはナイフで、エメラルドグリーンやオレンジ、ブルーなどを大胆に画面にはいた。下塗りである。製作はもうスタートしたのだ。

やがて山の端が明るみはじめた。くもの姿が明瞭になる。その雲のふちがギラリと目をむいたように光った瞬間、目を射るような燭光が一直線に窓の向こうからとび込んできた。待ちのぞんだ日の出であった。ああ、この一瞬に、すべてが色彩を噴き出した。雲が急に立体化して厚みを見せ、紫の深味と黄金色のすそをひるがえしたかに見えた。海がその表情を映してゆらめいた。古家さんの肩の線までが輝く燦然たる光の饗宴であった。そのほんの数分でキャンバスは生気をはらんだ。絵に魂が入ったのだ。古家さんの右手のナイフが機敏に走っただけだったのだが」

パレットから絵の具が飛び散り、迸る情熱が伝わってくる。描く画家を目の前にしているような名文だ。胸熱くしながらそのまま引用させてもらった。朝日新聞社で後輩だった池田弘氏の追想記である。

このときふと、兵庫県民会館のロビーに飾られていたモザイク壁画『日の出』（一九六八）を思い出した。阪神淡路大震災で崩壊したと聞いたが問い合わせると、瓦礫と一緒に捨てられたという。縦二・九m×横一〇・九mの大壁面に、三㎝角の大理石数万個を嵌め込んだ傑作だった。県庁を訪ねるといつもこの壁画を見るのを楽しみにしていたのに、数珠玉が切れたように無惨にも飛び散ってしまったのだ。せめて写真でも残っていないか探してもらうと、ロビーを写したカラーのスナップ写真があるとの便りが届いた。嬉しいことに壁画がほぼ全景写っていたのである。

未曾有の大震災ということでやむを得なかったとはいえ、誰かが気づいて散乱した大理石を残していたら再現できただろうと思うと、大壁画『日の出』の喪失は、なんとも悔やまれてならない。

古家新の作品は、遺族の寄贈で兵庫県立近代美術館に数十点収められている。多くは風景画だが、そのなかに一点『日の出』（七三cm×九一cm第三十二回行動展）があった。この絵には、あの叩きつけるような古家新の躍動感がみられない。オレンジと黄色に染まった雲、白い太陽、その輝きを映す海面はおだやかに揺らいでいる。死を予感していたのだろうか、画家八十歳の作、絶筆である。

日の出といえばクロード・モネ（一八四〇〜一九二六）の『印象・日の出』（一八七二）が有名である。青と橙色の靄《もや》にかすむル・アーブル港、印象派の名を生んだ名画だ。

絵は、パリ・マルモッタン美術館の二階に上がった真正面に飾られていた。想像していたより小さな作品であった。といっても四八cm×六三cmである。陽は真紅だ。揺れ動く海面に煌いている。微妙に変化する光と大気が溶けあった色彩の芸術を目の前にして、私は釘付けになっていた。

後で知ったことだが、普仏戦争を避けてイギリスに渡ったモネは、イギリスの風景画家の第一人者ターナーの『ノラム城・日の出』を見て強い影響を受けたといわれている。北イングランドのトゥイード河畔近くに建つノラム城の日の出を描いた作品に感動して、『印象・日の出』を生むのである。

画集を開いて両作品を比べてみた。ターナーの太陽は黄色、モネの太陽は真紅である。逆光となるノラム城は朝靄に青く霞んで幻想的だ。

ジョセフ・マロード・ウイリアム・ターナー（一七七五〜一八五一）は、作品を展示場に運びこんでからも筆を加えていたそうである。何が描かれているのか判然としない。次第に画像が浮かび上がっていく。人々はその様子を観るのが楽しくて大勢集まっていたという。

ターナーはスケッチした後で仕上げていった。並外れた記憶力は、一瞬の表情を逃さず細部まで再現することができた画家であった。

日本の画家はその瞬間をその場で描きあげた。ターナーやモネは心に焼き付けた印象を時間をかけて完成させた。河畔に草を食む牛を配したターナー、海面に小船を漕ぐ漁夫を描いたモネ、靄にかすむ構図のなんと似ていることだろう。

東洋と西洋の自然や風物は違っている。時間や季節とともに移りゆく光と色彩もまた微妙に変化する。煌く瞬間を瞬時に掴み取るか、記憶に焼き付けるか、『日の出』を描く画家の、研ぎ澄まされた感性にこころ打たれる。

（「美の風」二〇一一・夏）

無言の絵

昨年の夏、安曇野にある「碌山美術館」を訪ねて、若くして亡くなった彫刻家荻原碌山のブロンズ像を見たあと、隣の小部屋を覗くとこんな手紙が展示してあった。

雪と暮れ、雨と送り、早や本年も四旬を過ぎつるに、さりとは御無音の罪平にゆるし玉いてよ。旅順落ち奉天将に落ちんとし、皇軍連勝の報を耳にする毎に人は祝勝の盃を揚げんとし、狂舞乱酔を演ずるに吾は其何故に而かく彼れ等の喜び祝するやを解す不能。世界平和の為め東洋平和の為とは云いながら、哀れ幾万の生霊は旅順砲塞の下に斃れしぞ。遼陽の野に其の白骨を横たふるぞ。

死神凶器をのせて露国宮廷に入りしより、彼等ハ其自滅に到る迄は到底平和の国たるべからず候。勿去彼等も亦人の子ならずや。温かき母や子と、切なる別れに鎧の袖をしぼりつつ、満州の野に馬を進めしもの敵なればとて……。ましてや皇軍の或隊は生きて帰れるもの無きと聞きては、一時の勝報に狂舞乱酔するの徒輩真に哀れむべく候。

（後略、原文のママ）

明治三十八年の春、絵の勉強のためニューヨークに渡っていた荻原碌山こと守衛が、長兄の十重十《とえじゅう》に宛てた手紙である。二十歳に満たない少年の、なんと格調高い文《ふみ》であることか。故国のだれもが狂舞乱酔していた時代に、守衛の眸は澄みきっている。書き写した私の手は、震えていた。

洋画家野見山暁治の著書『遺された画集―戦没画学生を訪ねる旅』に、こんな言葉があった。

「戦争というものは、華々しい使命感や美しい自己犠牲が、ラッパの高鳴りのように響いているものかと子供のころ思っていたが、在りようはまるっきり違っている」

ふと、「無言館」を訪ねた日のことが浮かんできた。建てられて間もない晩秋のころであった。上田市塩田平の小高い丘の中腹、雑木林を切り開いたままの荒地に、コンクリートを打ちっ放した建物であった。わずか半間の入口は無造作に切られていて、やっと人一人入れるような狭さだ。その真上に、『戦没画学生慰霊美術館　無言館』の文字が刻まれていなければ、倉庫と間違えそうであった。

「数年前ローマで見た墓のイメージです。無言館と言う。画学生の声なき声を聞こうという思いから命名した」

美術館の建設に奔走した窪島誠一郎さんの言葉を借りれば、まさしく僧院である。塔屋を中心に、十字に仕切った壁面に掛けられた作品は、いずれも傷ついていて、痛々しい。館内の灯りは抑えられてほの暗い。中央部に開けられた天窓から柔かな光が射し、スポットライトが作品を浮かび上がらせている。父や母の顔、新妻をモデルにした裸婦、兄弟姉妹らの睦まじげな姿が描かれていた。岡田弘文の『兄の肖像画』があった。兵庫出身が、同郷ということで私の足を引きとめたのだ。

弘文は美校を志すが父は許さない。親戚の洋画家白滝幾之助（生野出身）の説得で念願の東京美術学校（現東京藝術大学）に学ぶが、ビルマで戦死する。二十八歳であった。

一枚の裸婦の絵の前で釘付けになる。作者は中村萬平、題名は『霜子』とあった。背景を黒や褐色で描いていて闇《くら》く、絵の具が酷く剥落していたが、画像は、不思議に傷ついていなかった。私は学芸員に聞いた。

「東京美術学校の油絵科を主席で卒業されています。職業モデルだった霜子さんと結婚され、一九四一年に中国戦線に送られましたが、霜子さんは産後の肥立ちが悪く赤ちゃんを残したまま亡くなりました。この絵は出征直前に描かれたものです」

眼を凝らすと、霜子が座った椅子の右肘が、あたかも磔《はりつけ》にされたキリストのように見えた。絵筆を銃に持ち替えたのは自分の意思ではない。新しい生命を宿していた妻の裸身を、こころに深く刻みつけておくために筆を執っていたのだ。

「お腹の赤はあばれるだろう。俺にかはって親孝行と赤を大事にそだててくれ」

身重の妻に送った手紙、その心情が偲ばれて、涙がこみ上げてくる。

萬平は二十六歳、霜子の死を追うように逝った。

日高安典の裸婦の絵には、こんな言葉が記されていた。

「戦地に行くことが決まって　初めて妻の裸体を描いた　この続きは必ず帰ってから描くから……」

約束して戦地に赴いた彼は、二度と帰っては来なかった。

「あと五分　あと十分　この絵を描かせてくれ　小生は生きて帰らねばなりません　絵を描くために」

種子島に生まれた日高安典は、「火縄銃の種子島」としか知られていない島あげての期待の星であった。村の誇りであった画学生も、ルソン島に散ったのである。二十六歳の若さだ。そんな生い立ちを知ると、憧れていたモデルを描いた裸婦像は、激しく私の心を打った。祈るような言葉とともに、中村萬平の絵『霜子』と日高安典の『裸婦像』は、私の頭から離れなかった。

絵の具が飛び散ったイーゼルが立てかけられている。チューブから搾り出されて固まったままのパレットが置かれている。つい今しがたまで描いていたと思える絵筆が並ぶ。いずれも、二度と手にすることはなかった絵道具だ。館内に飾られたこうした遺愛の品々を見つめていると、胸が締め付けられて哀しい。
窪島誠一郎さんの「あなたを知らない」という詩が目に止まった。

遠い見知らぬ異国で死んだ　画学生よ
私はあなたを知らない
知っているのは　あなたが遺したたった一枚の絵だ

あなたの絵は　朱い血の色にそまっているが
それは人の身体を流れる血ではなく

あなたが別れた祖国の　あのふるさとの夕灼け色
あなたの胸をそめている　父や母の愛の色だ

どうか恨まないでほしい
どうか咽かないでほしい
愚かな私たちが　あなたがあれほど私たちに告げたかった言葉に
今ようやく　五十年も経ってたどりついたことを

どうか許してほしい
五十年を生きた私たちのだれもが
これまで一度として
あなたの絵のせつない叫びに耳を傾けなかったことを

遠い見知らぬ異国で死んだ　画学生よ
私はあなたを知らない
知っているのは　あなたが遺したたった一枚の絵だ
その絵に刻まれた　かけがえのないあなたの生命の時間だけだ

口ずさんでいると、泪がにじんできた。文字がかすむ。
ふと、釈迢空門の歌人、岡野弘彦の歌が浮かんできた。

神のごと彼等死にきとたはやすく言う人にむきて怒り湧きくる

二〇〇六年に開催された『無言館　遺された絵画展』の全国巡回展を訪ねた折、会場入り口に掲示されていた野見山暁治画伯の「展覧会に寄せて」という挨拶文を見つけた。野見山さんも戦線に出たが生還した著名な画家だ。窪島誠一郎さんと一緒に、亡き画友の遺族を訪ねる旅に出て作品を捜し求め、「無言館」を建てた方である。みんながメモしていた。私もそのなかに加わった。

「未熟な絵です。……こんな絵を展示してどうなるんだと、……しかし、本当はこれが絵というものじゃないかと思いはじめたのです。……じっと彼らの絵を見つめていると「人」が見えてくる。彼らがどんな気持ちで絵を描いていたか」

野見山さんは、「生きて還って絵を描きたいと叫びながら死んでいった彼らと対話して欲しい」と訴えていた。

俳人山口誓子に有名な句がある。

海に出て木枯らし帰るところなし

この句は、池西言水に、「木枯の果てはありけり海の音」という先行作があると、一時俳壇でも騒がれたらしいが、そんなことはどうでもいい。言水の句には、木枯らしの果てに「海の音」があるが、誓子の句には、「帰るところがない」のだ。

近代俳句に大きな足跡を残した誓子が、特攻隊を知ってこの句を句帖に書き付けたのは終戦の年の十一月十九日であった。誓子は、往路の燃料だけを積んで出撃する特攻隊を、帰るところのない木枯らしと重ねた。こころに深く染み入る句だ。

彼らの絵は無言である。しかし同じ世代に生きて、同じ学徒兵の経験をもつ私は、彼らにどう語りかけたか、「一度だけでいい。あなたに見せたい絵がある―画文集『祈りの絵』」を、涙をぬぐいながら、買い求めた。

二〇一一年五月五日の「こどもの日」、平塚市美術館で開催中の『画家たちの二十歳の原点』展を観に出かけた。モダンな建物だ。ロビーに入ると彫刻家三沢厚彦のユニコーンが出迎えてくれた。三沢厚彦といえば、樟から動物たちをユーモラスに彫りだす木彫家として著名だが、まさかこんなところで出会えるとは思わなかった。

美術館開館二十周年を記念したこの企画展は、黒田清輝の『自画像(トルコ帽)』(一八八九)から石田徹也『飛べなくなった人』(一九九六)というように、画家たちが二十歳前後に描いた作品を、一世紀を超えて集めたものだ。佐伯祐三、野見山暁治、岸田劉生、鴨居玲など、夭折の画家から百歳近くまで活躍した五十四名の作品約百二十点が並べられていた。早世の画家が多いのに驚いたが、キャンバスに向かって苦闘していた若かりし日の姿が浮かんできて、久しぶりに味わう心豊かな休日であった。

私の目を射た絵があった。夭折の天才画家といわれた関根正二（一八九九〜一九一九）の油彩『姉弟』だ。ひまわりが咲き乱れる野辺で子守の少女をモデルにした作品である。「幼いころの記憶をもとにした一種の構想画で、イコン（聖像画）のように封じ込めている」との解説、しばらくその前から離れることができなかった。

フィリピンで戦死した前田三千雄の『妻への絵手紙』も展示されていた。

「軍ムの余暇の楽しみはこのエハガキ製作に勝るものはない。この片々たるエハガキもたまりたまれば何時かは僕の人生の歴史の何頁かを示すことになるのだと思うと楽しい限りである」と添え書きした絵手紙だ。三十一歳で散っている。

前田三千雄は東京美術学校（現東京藝術大学）日本画科を卒業して戦地に赴く。妻絹子さんが大切に守り通してきた五百二十八枚の絵手紙は、平成十五年の秋、兵庫県伊丹市の柿衞文庫でも『戦場から妻への絵手紙』特別展として紹介されていたので見られた方もあると思う。

ふと、茨木のり子の詩が浮かんだ。

わたしが一番きれいだったとき
だれもやさしい贈物を捧げてはくれなかった
男たちは挙手の礼しか知らなくて
きれいな眼差だけを残して皆発っていった

妻へのやさしい贈物は、「愛をこめた絵手紙の束」だったのである。

曾宮俊一の、かやぶき屋根の農家を描いた『風景』があった。俊一は、洋画家曾宮一念と関係があるのではと思って学芸員に尋ねると、「ご長男です」とのこと。小指ほどの遺骨が帰ってきたが、父一念は墓を作らなかったという。

晩年視力を失った風景画家曾宮一念の、山や雲や海を線だけで描いた絵が、私は好きだ。著名なエッセイストであり、著作も何冊か持っている。しかし長男のことに触れた文章は見ていない。『日曜随筆家』（創文社）に「旅と画家」というエッセイがあった。

曾宮一念は、ある日旅の宿で年配の婦人に会った。婦人が、

「私は東京の落合小学校で曾宮という子供と同級でした」という。

「私の息子で戦死しました」

わずか二行だ。

長男俊一のことに触れた文章は、ただこれだけである。

俊一は東京美術学校を繰り上げ卒業で出陣、終戦の年の三月二十五日中国戦線で戦死した。二十四歳であった。物ごころつくころから父親の

写生について歩いていた息子、最愛の息子を戦場に失った大画家は、百一歳で亡くなるまで息子のことは一切口にしなかったという。

海渡り散りて帰らぬ子の齢《よわい》思い出いだきいが栗を割る　一念

息子の遺した「風景」を抱きしめ、万感の想いを秘めていた父、その悲痛な心情を思うと、胸が裂ける。

戦争が終わってはや半世紀余が過ぎた。戦争を肌で知る世代は、間もなくいなくなる。しかし「無言の絵」は、戦争を語り継ぐ。

作品は未完というが、生きていた。家族や恋人の団欒、故郷の山を流れる雲、小川のせせらぎ、かれらが残したただ一枚の画布、一冊のスケッチ帖。「無言の絵」が、こころに深く語りかけてくれた。

（「美の風」二〇一二・冬）

紙神

よく、「あなたのご趣味は」と聞かれることがある。「古本漁り」と答えているが、だからといって、さして蔵書があるわけではない。古本屋を見つけると、つい覗かずにはおれない性分なのだ。新刊書店に入るときは、目的をもっているから買って帰るが、古本屋の方はそうではない。ぶらっと、立ち寄るのである。ところが、並んだ古書のなかから、「ここに居るよ」とささやいてくる本がある。古本漁りの醍醐味である。

ところでこの十数年来、どう探しても見つからない本があった。福原麟太郎の随筆集『変奏曲』である。「ばかだなぁ」と笑われそうだが、人に言われてやっと気がつき、パソコンをひらいた。「日本の古本屋」を検索してみたのである。

遠く札幌の文教堂書店から「初、函、僅少書込有、千円」と、応答。「あった」、私は思わず大声をあげていた。

発行は、一九六一年七月十日だ。ずいぶん前に発行されていたのに、本は傷んでいない。函も健在である。

表紙を、古画の「倫敦塔」（大英博物館所蔵詩集一五〇〇年ころの光彩本より）で飾っている。英文学者にふさわしい凝った装丁だ。収められた「テムズを下って」というエッセイには、モネ筆の「イギリス国会議事堂」が挿画に使われていた。

ページを繰っていると、どうも紙の手ざわりが違うように思った。色合いも渋い、和紙である。奥付に「出雲民芸紙　安部栄四郎作」とあった。普通、本には著者、発行者、発行所などが奥付に、挿画、装丁などは目次のあとに書かれているものだが、使われた用紙についてまで記載されている本は、よほどの特装本でもない限り、お目にかかることがない。安部榮四郎が、出雲民藝紙の紙漉き人で、重要無形文化財（人間国宝）に指定された人と知ったのは、ずっと後のことであった。

五月の初め、久しぶりに寛《くつろ》いだ私は、軽い本でも読もうと思って書棚を眺めていると、『和紙三昧』（木耳社）が目にとまった。安部榮四郎著なのだ。芹澤銈介が装丁し、棟方志功の「鷲の画」が見返しに使われていたことや、楮、三椏、雁皮の漉き紙片が挿入されていたのに惹かれて買っていたのである。

ふと、青森を旅したおりに、棟方志功美術館を訪ねた日のことを思い出した。志功の不羈奔放の作品群に圧倒されたが、その中で、『吉祥妃の柵』にすっかり見惚れてしまった。この板画を写した色紙を買い求めてきた。いまも書斎に掛けているが、原稿を書いていて苦労したときなど、吉祥妃の豊満な肢体に目をやると、なぜか筆がよく進むのである。

志功といえば、大原美術館で『釈迦十大弟子の柵』を見てしばらくたたずんでいた。捩りはちまきで、板に覆い被さり、全身をぶっつけて、力強いタッチで彫る志功の姿を思い浮かべたものである。

安部榮四郎は、その著『紙漉き七十年』に、志功についてこのように語っている。

「棟方志功の板画には、観音様のような女の姿がよく登場します。そして、ほっぺたには、必ずといっていいほど赤い彩色が施されています。これは、実は裏彩色で色をつけたものです。女性の本当のほっぺたの赤味は、紙の上から塗ったのでは感じが出ない。色が、姿の底から自然に出るような感じにするためには、裏彩色の方が効果がある、といった話を彼から直接聞いたことがあります」

志功は「僕は丸顔でチンチクリンな女が好きだ。東北の女が主です。

私の女性像として脳中にあるのは中尊寺の大日如来と一字金輪像です」（島根県立博物館「棟方志功展」図録）と、女人のモデルをうちあけている。

志功の画に、「女の手と足の動きに微妙で独特なお色気がある」といわれると、「あれは文楽の《デク》の動かし方につうじるものです。それに板を彫るときの私の手の動きも文楽人形の動きに一脈通じるものです」と答えていた。

また、「あなたの仏様は、まるでハダカンボーのような、アラレもない姿が多いのですが、あんな無礼なことは仏様の方で赦してくださっているのですか。それから、あなたの仏様は乳房があったり、おヘソがあったり、ふきだしたくなってきます」と聞かれると、「裸体《ハダカ》の、マッパダカの顔の額の上に丸い星をつければもう立派な仏様になってしまうんだから、ありがたく、かたじけないですね。それがホトケサマというものなのです。板画がホトケサマか、板画がカミサマかの区別がなくなるようにならなければならないのです」（エッセイ『板散華』）と豪快に笑っていたそうだ。

青森の「ねぶた」祭には、女の衣装を着る。大勢の跳人《はねと》の輪に加わって踊る茶目っ気があった。

棟方芸術は、仏像と文楽人形から、匂いたつようなお色気を彫りだしていたのであった。

安部榮四郎が棟方志功を知ったのは昭和十年ごろであった。民芸運動をおこした柳宗悦や河井寛次郎、濱田庄司らの民芸同人に、民芸紙を通して加わった頃だ。当時三笠書房から出されていた雑誌「書物」が美しい装丁の本を紹介していた中に棟方志功が装丁した本があった。その個性的で迫力のある作風が、安部を興奮させる。「永遠に生きる紙を作りたい」、そんな思いが、安部の心を燃え上がらせたのである。

一方、志功も安部の虜となる。民芸運動の染織、陶芸、版画などの芸術家に励まされながら、植物繊維の特色をうまく生かし、漉き分けていく安部の見事な生漉紙《きすきがみ》に、心を奪われていった。安部が、「もちろんパルプなんかの混ざりがない純楮の紙だ。棟方からの条件は、その楮紙をできるだけ薄く漉くことであった」と、述懐しているように、志功の板画は、安部の漉く紙でなければならなくなっていった。

志功に「紙神に祈る」というエッセイがある。

「紙は「神に通ずる」とゆう事を、わたくしは松江で初めて安部氏に会った時、両手を握って語った筈でした。安部氏は実直な人で、紙についての才能が充分で、この様な天恩を土台として仕事をする人としては、うがった性質を持った方です。紙というものが特にわたくしの様な紙を以って躰ともしている者に、紙の出来上るまでの事を、初めて教えていただいたのは、安部氏からでした。安部氏は話の様に、また仕事の様に、静かに、静かに、諄々と紙を、神を教えてくれました」

安部榮四郎にも「紙の神様」という随筆（『和紙三昧』）がある。紙漉業にも紙漉きの神様として、水の神さまでもあるミヅハノメノミコト（水波目命）にふれて、つぎのように書いている。

「出雲地方では穀木さんといってどこの紙漉場にも紙漉きの神さまが祀ってあり、年に一度ガヅキさん祭りを催す。私はこうしたならわしと土地の風俗、紙の製法、発達過程などを結びつけ、いつも興味深く感じている。大量生産の時代とはいえ、日本紙のよさはこうした優雅な伝統に培われたところにあるのではなかろうか。紙漉きの神さまよ、わが日本紙の独特な材料と製法と気品を時代とともに世界に再認識させたまえ。日本の建築、筆硯、障子のあらん限り、全国の誠実なささやかな紙漉業を護りたまえ」（原文のママ）

安部榮四郎は、「棟方芸術の燃えさかる生命力と奔放に湧沸する迫力」のなかに神を見て、紙を漉いた。棟方志功は、安部の漉いた和紙を「神に通ずる清明さ」と祈りながら使った。二人の芸術家を結んでいったのは、神であり、紙であり、紙神《かみがみ》への祈りであった。

出雲は、神々の国である。この国を旅すると、よくこんな声を聞く。「神々はわたしたちのご先祖さまだ」と。

出雲神話といえば大國主命《おおくにぬしのみこと》だ。別の名を所造天下大神《あめのしたつくらししおおかみ》といわれているように、土地を拓き、作物を育て、人々の幸せを願った「国の神」であった。因幡の白兎の物語や、須佐之男命《すさのおのみこと》の八岐《やまた》の大蛇《おろち》退治など、人間くさい神である。旧暦十月に全国の神々が出雲に集まるとの言い伝えも、なにか親しみを感じて楽しい。

志功は、「旅先といわず、自宅といわず、どこでも旧知の人に会うと、すぐに抱きつき、躍りあがるようにして喜んだ」(「棟方志功板画展に寄せて―安部榮四郎」)。その姿は、お神楽《かぐら》であった。

八雲立つ岩坂に漉く紙の如めぐしあやしや白鷺舞ふは　　棟方志功

安部榮四郎は、松江から南へ三里の谷あいの村、岩坂に明治三十五年（一九〇二）に生まれている。「東北には『出雲風土記』に高野山と記され、神代のむかし伊弉諾尊《いざなぎのみこと》が桃を投げて黄泉軍を撃退したという伝説をもつ駒返峠《こまがえりとうげ》につらなって、星上山《ほしがみ》が聳え立つ。眼下にひろがる中海《なかうみ》、東は大山《だいせん》、西は三瓶山《さんべ》、そして日本海を遥かに隠岐島まで眺望され、山陰八景の一つにも数えられている」と故郷を偲ぶのである。

冒頭に書いた福原麟太郎の随筆集『変奏曲』の話に戻る。この本を発行したのは吉川志都子さんで、突然本を作る仕事を始めたのが昭和三十六年（一九六一）の春であった。社名の「三月書房」は、生まれも、仕事始めも三月ということで、電車のつり革につかまりながら思いついたという。

第一冊目が『変奏曲』で、福原先生はある日、背広のポケットからイギリスの革表紙の本を取り出して、「こんな本がいい」といわれた。それはあまりに小さかったので、自分で「手のひらに乗る本」の寸法を、一〇・五㎝×一四㎝と決めて、千部作った。これがいま、愛書家に親しまれている美しい函入り「小型愛蔵本」の元となっていた。

私はこの宝石箱のような小型本に魅せられた。作家佐多稲子の随筆集も入っていたのである。

四十年間に出された六十冊を蒐めるのに二十数年かかっただろうか。第一冊目の『変奏曲』を手にして完集できたときは歓喜の声を上げていた。そんな縁で、私の『随筆百日紅《ひゃくじつこう》』が六十一冊目に加えられたことも、無上の喜びである。

『変奏曲』の装丁は、表紙も、見返しも、函も、安部榮四郎の出雲民藝紙であった。「安部さんが、自分で、千冊分もの重い紙を背負って、山を下り、駅まで運んで鉄道便で送ってくれました」と話す吉川さんの目に、潤むものがあった。

安部榮四郎を吉川志都子さんに紹介したのは、ご主人の吉川需《よしかわまつ》さんであった。需さんは、歴史的な名園の研究家で、文化庁の仕事を通じて、安部さんとは旧知の間柄であった。

安部榮四郎は、昭和三十五年（一九六〇）から三年間、正倉院宝物のなかで千年をこえて保管されてきた紙について、和紙研究家の寿岳文章らとともに調査研究をおこない、復元して漉くことに成功している。

吉川需さんの力添えへの感謝の気持ちが、一冊の本のために、自ら漉いた紙を背負わせたのであろう。

きょうも、『変奏曲』の奥付に書かれた「出雲民芸紙」の文字から棟方志功と安部榮四郎の秘められたロマンに心遊ばせたのであった。

（「美の風」二〇一二・夏）

名画の描かれた場所

―アルジャントゥイユのひなげし―

あれからもう十数年たつだろうか。スペインのプラド美術館でゴヤの作品を見ていたときである。初老、といってもまだ若く見える日本人のご夫妻とお会いした。

「長期滞在旅券が入手できたので、リスボンの郊外に適当な家を見つけ、ここを足場にヨーロッパ中の美術館巡りを考えました。定年間際に語学教室に通いましたが、なかなか通じませんでね。今日は、まず隣国のスペインから始めました」

ポルトガルは生活費も手ごろだという。「定年後の人生設計に好都合でした」と微笑むお二人の笑顔が、羨ましかった。

私はもう歳である。そんな優雅な旅は望めなくなったが、それでも昔は、よく美術館に足を運んだものだ。心打たれた絵の前に立ち尽くしたときなど、その絵が描かれた場所を訪ねてみたいと思ったものである。

仕事の関係で、南仏の町アルルを通ったとき車を止めた。街の中にあるフォーラム広場でお茶を飲んでいると、ゴッホの名作『夜のカフェテラス』が目の前に浮かんできた。昼下がりだったのに、黄色と深い青色の石畳、ゴッホの言葉を借りれば「夜空に咲く天国の花」、星屑が、輝いてきた。

オルセー美術館は何度か訪ねた。

「フィンセント・ファン・ゴッホ」——美術館に入るたびに、偉大なる画家ゴッホの名を、フルネームで呼びかけていた。いつものことだが、ゴッホの『オヴェール教会』の前は、大勢の人が立ち止まっている。ゆっくり鑑賞どころではない。いつかこの教会を見てみたいと思いつづけていたのである。

パリから一時間足らずの、オヴェール・シュル・オワーズに足を延ばしたのは、しばらく経ってからであった。思いが叶って目にした教会は、想像とは違っていた。ごく普通に見られる建物である。中に入れてもらったが、きらびやかな装飾もなく質素であった。粗末な椅子に座り、礼拝していると、壁がくねくねと曲がってきた。外に出ると、屋根も太い線で描いたように波打ち、歪んでくる。晴れ上がっていた空を、深い紺青の雲が渦巻いてきたのだ。あの名作が現れた。私は、息を呑んだ。

何度か振り返りながら、右上への坂を上った。さして広くもない墓地につきあたる。ならんで埋葬されているゴッホと弟テオの墓は蔦のような草に覆われていた。花を手向け、手を合わせた。墓地の横に出ると、すぐ目の前に麦畑が広がった。積み藁が一つ、影を落としている。ここでもゴッホ最晩年の傑作『カラスの群れ飛ぶ麦畑』が幻影となって迫ってきた。美術館で見るのとはまた違った興奮を覚えた。

去りがたい思いで、しばらく畑の畔に腰を降ろした。ポケットから漱石の『草枕』（岩波文庫）を取り出して、読みはじめた。「山路《やまみち》を登りながら、こう考えた」に始まるあの名文である。何度か読んでいるのに、つぎのような文章が続いていたのを忘れていた。

越すことのならぬ世が住みにくければ、住みにくいところをどれほどか、寛容《くつろげ》て、束の間の命を、束の間でも住みよくせねばならぬ。ここに詩人という天職が出来て、ここに画家という使命が降《くだ》る。あらゆる藝術の士は人の世を長閑《のどか》にし、人の心を豊かにするがゆえに尊い。住みにくき世から、住みにくき煩《わずら》いを引き抜いて、ありがたい世界をまのあたりに写すのが詩である。画である。あるいは音楽と彫刻である。

漱石は、こんな句も詠んでいる。

白き皿に絵の具を溶けば春浅し

まるで画賛のようだ。

パリの北西、セーヌ川右岸の街アルジャントゥイユに車を走らせたことがあった。オルセー美術館で観たモネの名作『アルジャントゥイユのひなげし』(一八七三)と、ルノワールが描いた風景画の代表作『草原の坂道』(一八七四)が描かれたこの場所も、ぜひ見てみたいと思っていたからである。

大都市パリをちょっと離れただけで、もう郊外だ。新興工業地帯に変わり始めていたが、工場の騒音はなく静かな田園である。草の匂いがしてきた。「川のときめき」の意味を持つという古都アルジャントゥイユに入ると、七世紀に建てられたという修道院が目の前に現れた。十九世紀の中ごろパリと結ばれた鉄道橋が、郷愁を誘う。

モネはこの橋梁がセーヌ川に映りこむ姿に魅せられて、『アルジャントゥイユの鉄橋』を描いたのであろう。薄いブルー、薄い褐色の煙をもくもくとはき出す蒸気機関車、白い帆のヨットが浮かぶ。右下に濃い緑色に描かれた木々が繁る。手指を四角にして眺めた。絵である。美しい風景に、しびれた。アルジャントゥイユは、印象主義が本領を発揮し、見事な花を咲かせたメッカだったのである。

車は、牧歌的な田園風景を走った。車窓を、真っ赤な花が流れてゆく。

まるで緋の糸で織り敷いたかに見える花の絨毯だ。ひなげしの群生が陽光に燃えて、目に眩《まばゆ》い。爽やかな皐月の風に揺れていた。

クロード・モネはいち早くこの地に移り住んでいる。ルノアール、シスレー、ピサロら、後の印象派といわれる画家たちも歴史的な建物や川の流れに魅せられてモネの後を追い画架を立て、数多くの名作を生んだ。「ひなげし」の花言葉は「もろき愛」とか「思いやり」というそうだが、薄絹に朱を染めたような花びらを見ていると、不思議に初夏の憂愁が漂ってくる。

私は、ワシントンのナショナルギャラリーで観たモネの『アルジャントゥイユの散歩道』を思い出した。買い求めてきた画集を取りだしてみると、セーヌ川にさしこむ陽の光が、画面中央やや左に描いたヨットの、白い帆をかがやかせている。セーヌの川辺で木陰に憩う婦人の姿が対照的だ。青々と大空が広がっている。アルジャントゥイユを訪ねるのは初めてなのに、この美しい風景は、私の絵ごころをかきたてるのである。
マネは「光は絵画の主役である」と言っているが、この巨匠の言葉に惹かれた。川辺に座って、そんな思いに耽っていると、ふと、『方丈記』の冒頭の言葉が浮かんできた。

ゆく河の流れは絶えずして、しかも、もとの水にあらず。よどみに浮ぶうたかたは、かつ消え、かつ結びて、久しくとどまりたる例《ためし》なし。世の中にある、人と栖《すみか》と、またかくのごとし

鴨長明は最後に、「建暦の二年《ふたとせ》、（中略）これを記す」と書いている。建暦二年といえば一二一二年、十三世紀の初頭である。平安末期から鎌倉時代の初期にかけて、都は天変地異に襲われていた。鴨長明は、「無常」を川の流れに重ねたのであろう。

十九世紀半ばの印象派の画家たちは、川の流れに戯れる「光と陰」に、心を奪われていた。当時ヨーロッパでは、風景画は一段低いジャンルとみられていて、あのコローさえも風景画はサロン「官展」に出品できなかったほどであった。

それでも風景画といえば一八七〇年代まではバルビゾンがメッカであった。私がバルビゾンを訪ねたのは晩秋である。パリから南東のフォンテンブローの森は、枯れはじめていた。あたりは静寂の気につつまれていて、籾藁を焼いているのだろうか、煙が白く立ちのぼっていた。

ミレーや、ルソー、コローらが、近郊の農家に住み込んで、風景画や農民画を描いていたのがここバルビゾンである。ミレーの名作『晩鐘』を思いだしていると、なぜか、ふと、歌人与謝野晶子が浮かんできた。晶子が、パリに遊学している夫鉄幹を追って日本を発ったのは明治四十五年（一九一二）五月五日、三十三歳であった。シベリヤ鉄道の沿線の風景は、荒涼としていた。
晶子は、出発の前にして夜も眠りえず、こんな詩を書いている。

良人の留守の一人寝に、わたしは何を着て寝よう。
……
わたしはやはりちりめんの　夜明けの色の茜染め、
長襦袢をば選びましょ。
重い狭霧がしっとりと　花に降るよな肌触り、
旅の良人も、今ごろは　巴里の宿のまどろみに、
極楽鳥の姿する　わたしを夢に見ているか。

三千里我が恋人のかたわらに
柳の絮《わた》の散る日に来る
晶子

晶子は、パリのサン・ラザール駅に着いた。恋人の胸に飛び込んだのだ。アグネス・チャンの「ひなげしの花」ではないが、「愛のなみだは今日もこぼれそうよ」と歌うシーンが現れてきた。

晶子と鉄幹は、パリ市内のウニヴェニシテ街のロダンのアトリエに招かれている。話が日本の彫刻家荻原守衛におよぶと、「オギハラは私の弟子だった」といって目を潤ませたという。

晶子は出発前、『白樺』の「ロダン特集」（明治四十三年十一月号）を読んでいたので、心を昂ぶらせていたが、「私は翁に向かって何を問うてよいか、何を語ってよいか、まったく考え付きませんでした。痴鈍な微笑の下に頷いて居ました」と回想して、

まのあたりロダンを見たる喜びを
云わんとすれば唖に似るわれ　　晶子

という歌を残している。

ロダンは、「もし古代の芸術家が一番偉大であるとすれば、それは彼等が自然に一番近く近づいたからである」と言い、さらに続けてこう言っている。「藝術の目的は字義通りに描写することではない。特にはっきりさせるためにモデルの性格をやや誇張するところにある。それからまた同じモデルの連続した表現を単一した表現の中に終結するところにもある。藝術は生きた総合である」(『ロダンの言葉抄』高村光太郎訳)

晶子は、アトリエに置かれた数多くの彫刻を眺めながら、芸術家との会話の中からわが歌への精進をまなびとっていた。

晶子はまた、パリ南西の街ツールにも遊んでいる。丘陵斜面に咲きほこるひなげしを見た感動を、旅の日記に書いていた。

アルジャントゥイユはパリからほど近い。モネも住んでいた。ルノワールはしばしばモネ宅を訪ねていたという話を聞いていた晶子は、印象派の画家たちが画架を立てたこの地を、散策していたことだろう。

ルノワールの風景画の最も代表的な作品『草原の坂道』は、このころ描かれたものである。坂道を母子らが下《お》りてくる。濃緑色の疎らな木々、黄色味を帯びた草叢、その中にひなげしは、僅かしか描かれていないが、母のさす日傘の赤が、見事なアクセントをみせている。

モネといえば『睡蓮』が浮かんでくるが、私が一番好きなのは油彩画『アルジャントゥイユのひなげし』だ。

しゃれたつば広の帽子をかぶった婦人が、薄青色の日傘を傾けている。モネの妻カミーユである。母に連れられた息子ジャンの手には、赤いひなげしがある。真っ赤なひなげしが咲く丘を下る親子。丘の上にはもう一組の母子が描かれていて、なんともほのぼのとした描写だ。空は広く、あくまでも青い。白い雲が浮かぶ。遠景には濃い緑の木々が光にかがやく。美しい色彩に引き込まれるのである。
「ひなげし」を「虞美人草」と名付けのは、誰だったのだろうか。
遠く紀元前二〇二年の昔、中国楚の覇王項羽は漢の劉邦と戦い、四面楚歌となり垓下に斃れた。寵妃虞美人も命を絶ったが、そのとき項羽は、有名な「垓下の歌」をうたった。

力抜山兮気蓋世　わが力は山を貫き、気概は世を覆う。
時不利兮騅不逝　だが時に利あらず、わが愛馬騅《あしげ》も動かない。
騅不逝兮可奈何　騅が動かなければ、どうすればいいのか。
虞兮虞兮奈若何　虞妃よ、虞妃よ、お前をなんとしよう。

彼女を埋葬した塚に、美しい花が咲いた。こんな悲話に寄せて、赤い花を虞妃の血と見たのであろう。

ああ皐月《さつき》　仏蘭西《ふらんす》の野は火の色す
君もコクリコ　吾もコクリコ

与謝野晶子の、この有名な歌が、ふと口をついて、声になった。晶子は、「雛罌粟《ひなげし》は、コクリコって、フランス風に呼んで下さいね」と言っていた。漢字の「雛罌粟」も、仮名で書かれた「ひなげし」も、晶子には、あの花の風情が浮かんでこない。英語の「ポピー」もしっくりこなかった。やっぱり仏蘭西では、「コクリコ」がよく似合う。

フランスの国旗は三色である。青は「矢車草」、白は「マーガレット」、赤は「コクリコ」だといわれている。「コクリコ」は、フランス人に愛されている花なのだ。

昨秋、上野の東京都美術館で開かれたマウリッツハイス美術館展に足を運んだ。大勢の人で、四時間も並んだ。お目当ての名画『真珠の耳飾りの少女』の前では、わずか一分足らずより立ち止まれなかったが、それでも満足したのは、名画が惹きつける魅力であろう。

名画の故郷バルビゾンを訪ね、アルジャントゥイユを散策して知ったことは、芸術家が、いかに私たちの「束の間の命」を長閑《のどか》にしてくれているかということであった。

私の胸に、思い出を留めている「ひなげし」の花は、いまも旅情を慰めてくれている。

（「美の風」二〇一三・秋）

眉仙の団扇

東京に木枯らしが吹いて、冬を告げる秋雨が降った朝、電話が鳴った。「福田眉仙の二曲一双の屛風が入りましたので見に来て下さい」と弾んだ声が聞こえてきた。姫路で画廊を経営している畏友森﨑秋雄さんからの知らせだった。私は画廊に急いだ。屛風は「洞庭湖風景」で絹本金地着色のすばらしい作品である。私は拝見して驚嘆した。というのも私の持っている長江の山峡風景が描かれた「団扇」と同じような構図だったからだ。美しくやわらかな墨の濃淡からは「洞庭湖風景」の風情が感じられた。私は福田眉仙のことを知らなかった。ちょうどその頃森﨑秋雄さんが、雑誌「美の風」の中で福田眉仙のことを克明に書いておられたので、つぎに引用させてもらった。

福田眉仙は、明治八年（一八七五）九月、兵庫県赤穂郡瓜生（現相生市矢野町瓜生）に父林蔵、母いとの七男として生まれ、周太郎と名付けられた。相生市の北西部に位置している。小高い山が連がる山間は雲海に包まれている。山裾には民家が点在し、寺院や神社が見え隠れする。そこはまさしく山村の原風景と感じた。この地に眉仙は十八歳頃まで過ごしていた。

福田少年は幼い頃から絵に興味をもっていた。瓜生の森にある菩提寺、光専寺の老住職赤松観成に特別に可愛がられ、絵の話になると膝を乗り出し熱心に聞いていたという。瓜生にほど近い揖保郡の画家、宮田基渓が時おり光専寺を訪れていた。観成の計らいで少年は初めて絵の手ほどきを受けたのである。眉仙に対する最初の理解者は観成であり、少年は住職の教えを受けてますます絵に興味を膨らませていった。

明治二十七年（一八九四）頃、「国民新聞」に、従軍画家久保田米僊の手による日清戦争の報道画が連載されていた。少年はこの連載に興味をもち切り抜きを続けていた。少年は画家を目指すことを決意、観成に願いでた。理解のある観成は赤穂郡上郡町出身で明治政府の官僚、朝鮮公使を勤めていた大鳥圭介に紹介を願い上京させた。少年はスクラップの束を携え夢と不安をかかえ久保田米僊のもとへ向かった。大鳥圭介の紹介ということもあって師事を許した。眉仙十九歳のときである。師から雅号を麦僊と与えられた。しかし雅号については、後に中国の旅で峨眉山を訪れたとき、その雄大さに感動し、その後、眉仙と記すようになる。

師事すること三年が過ぎた頃、米僊が石川県の工業高校に教授として赴任することになった。一大転機が訪れたのである。米僊の推薦を受け、狩野派の橋本雅邦に師事することとなった。当時、雅邦は東京美術学校（現東京藝術大学）の教授である。眉仙は美術学校でも雅邦の授業を受けることになる。美術学校の学長は岡倉天心であった。しかし、明治三十一年（一八九八）、日本の急激な政変の中で西洋思想摂取の強硬論が起こり、東洋思想を旨とする天心が攻撃の槍玉に上げられ学校を去るという大事件が起こった。学長である天心と共に教授の雅邦、助教授であった横山大観も去ることになった。同年、岡倉天心は新しい美術運動を起こそうと、当時の指導的画家三十九人を周囲に集め、東京谷中に日本美術院を創立するのである。日本美術院の新しい目標は、崇高な日本美術の伝統と共に西洋画のあらゆる長所を吸収し、日本画の精神的活力を取り入れ、日本美術を新しく展開させて行くところにあった。天心の理想とする思いに橋本雅邦、横山大観、菱田春草、下村観山、木村武山らが従い、そして眉仙も参加するのである。

旧来の伝統的な価値観はがらがらと崩れ始めていた。眉仙は日本美術院を中心に活動を始めていく。明治三十二年（一八九九）、日本美術院展に眉仙は『海月』『朝光』を出品。翌年の美術院展には『釣磯』を出品、一等褒状を受賞。眉仙にとって雅邦指導の下、ようやく報えたと思ったことだろう。明治三十四年には、日本美術院の機関誌「日本美術」の編集係となり、広告取りの仕事などに従事することになる。明治三十九年（一九〇六）には荒木トヨと結婚。明治四十二年（一九〇九）、長女嘉代子誕生。天心ひきいる日本美術院の一員として胸をはって活動を続けていた。そんなある日、スケッチに専念していた眉仙に天心が目を留め、自室に呼び入れた。日本画の将来に対する不安を語ったのである。「いま美術院では理想画などと言って写生根本の日本画を忘れかけている。東洋画の研究がおろそかになってきては将来が案じられる」「真の日本画を描くには、是非中国に渡り、彼の地の山容、風物などあらゆる方面の写生を充分せよ」。そして「お前の筆には南画の風格を多分に持っている」と天心から中国行きを強く勧められたのである。当時、中国は清国の末期であり、相当の覚悟なくしては中国に行けなかった時代である。しかし、天心に心酔していた眉仙は教えを一心に受けて一大決心し、大陸への旅を目指すのである。

明治四十二年（一九〇九）、郷里の瓜生に戻り、渡航費用を調えるためしばらく滞在。やがて旅支度を整え、九月、単身長崎から上海に向かった。上海から長江（揚子江）を上り、重慶、山峡、そして中国密教の霊場峨眉山へと中国全土の旅を続けること三年余。眉仙は孤独と闘いながら「広い中国を、この足で歩き、この眼で見、何もかも俺は吸収するのだ」と約一万六千キロにも及ぶ行程を写生の旅に努めた。旅の成果である膨大なスケッチと写真を抱え明治四十五年（一九一二）に帰国した。

東京に戻った眉仙は、中国で描いた写生の数々を天心の前へ差し出した。「よくやった」と絶賛されると同時に、「これを真のお前の山水画となすには、二十年程どこかの山にでも引き込んで勉強を重ねよ」と指摘されたという。兄弟子である大観から、「眼に映った映像をひとまず頭の中にしまい込み充分消化してから作品にしていくものだ」と以前に忠告されたことがあったが、中国での写生にも「スケッチを全部焼き棄てろ、抽象的な感覚を持って筆をとれ」と再び忠告された。天心も大観も「絵というものは、目の前のものを写し取るだけでは意味がない。写生を超えて精神を高め心で消化して描くものだ」と教えたかったのではあるまいか。

米僊、雅邦に師事し写生を重んじる眉仙の絵画表現と、天心の美の世界観、大観の表現とに異なる方向性が生まれていた。

岡倉天心が意気揚々と創立した日本美術院の運営が、創立から七年が過ぎた頃、経済的に思わしく行かなくなっていた。天心は大観、春草、観山、武山らの家族と共に茨城県五浦海岸に移住することになる。大正二年（一九一三）、思わぬことが起きてしまった。眉仙が最も心酔していた天心が病に倒れ、五十歳の若さで世を去ってしまったのである。天心の死、大観との表現の違いに眉仙は次第に日本美術院から遠ざかっていった。

大正六年（一九一七）、眉仙は天心の最後の言葉を胸に、中国峨眉山に似た六甲山麓の地、兵庫県西宮市苦楽園（現芦屋市六麓荘）に移り住むことになった。中国での旅の成果を『支那三十図』として、膨大な長さの巻物に描き始めた。昭和十三年（一九三八）、再び中国に従軍画家として赴任。旅での成果はその後、多くの作品に結実していった。しかし昭和二十年（一九四五）、神戸空襲の戦火で、中国での写生や絵巻物など多くの代表作品を失い終戦を迎えたのである。

昭和二十五年（一九五〇）、懇意にしていた湯川秀樹博士の仲介でアメリカのコロンビア大学に『支那三十図巻』を贈ろうと決意、再び制作を始めることとなった。残りの人生をこの制作にかけることに心を決めたのである。決意から八年後の昭和三十三年（一九五八）、『支那三十絵図』全三十巻にして完成させた。一年がかりで表装を仕立て、外務省を通じてコロンビア大学に寄贈。大学から招待を受けるが、その機会を得ずして、昭和三十八年（一九六三）、八十八歳の生涯を閉じたのである。

中国の旅から生まれた『峨眉白雲』『蘇州』『長江大筏』などが柔らかいスポットに照らされていた。

中国から帰ったばかりのとき「君は写生に中毒している」と大観から忠告されたことがあったが、眉仙は写生こそ画家本来の道と信じ、自身の宇宙観を屏風、絵巻物、襖絵にと、迫力に満ちた作品を一心不乱に描き続けた。室町時代、中国からもたらされた水墨画も、時代のうねりの中で大きく変化していくが、眉仙は旅から得た写生をもとに、墨のもつ幽玄の美を生かし、水墨画ひとすじに歩み通した画家人生であった。

百二十年前、播州相生の片田舎から画家への夢をいだき上京した福田眉仙。運良くも橋本雅邦、岡倉天心に巡り会い、日本美術院創立時に参加、日本を代表する横山大観、菱田春草、下村観山らの中に、一時代とはいえ、眉仙が肩をならべ活躍した姿があったことを忘れてはならない。人生の半分を六甲山麓に暮らし、中央画壇に距離をおき、ひとり孤高の中でただひたすら制作に励んだ眉仙の画業は、故郷相生・

瓜生の誇りであり、独自の画境を切り開いた功績に、温かく顕彰すべき画家といえよう。

墨の濃淡が広がる『洞庭湖風景』の屏風をあらためて眺めていると、天心の教えを胸に、ひとり孤独の中、洞庭湖のほとりで、夢中になって写生をしている眉仙の姿が眼に浮かんできた。

（「美の風」二〇一〇・冬〈水墨画への旅――福田眉仙〉より抜粋）

私は、この「水墨画への旅」を読んで、文箱に大切に納めている眉仙の団扇をじっくり見直してみた。社会的な栄誉や、名声を求めず、写生ひとすじに我が道を生きた眉仙を想いながら、感動を新たにした。今では私の宝物になっている。

余談になるが、瓜生は私の母の里福井の隣村なので、よく連れられて瓜生の羅漢渓に遊び、石仏を見ていた。そのそばに、昭和四十年に有志によって「眉仙筆塚」が建てられていた。筆太に刻した筆塚には愛用した筆十本と墨が納められている。
数十年の時を経て一枚の団扇が故郷と私を繋いでくれたことに不思議な縁を感じている。

（二〇一四・七・一二）

眉仙の団扇（著者所蔵）

丸投三代吉さんのこと

昭和五十四年五月九日の日経新聞朝刊を開くと、コラム「交遊抄」に「丸投上等兵」とあるのが目に止まった。外務省、山崎敏夫官房長が旧満州に駐屯していた時の部下、丸投三代吉さんについて書いたものだった。

丸投さんと初めてお会いしたのは、姫路市二階町にある喫茶店だった。そこは『姫路アンデパンダン展』に集まっていた新進気鋭の芸術家たちと、詩人や歌人、作家、文筆家の集まりである「姫路半どんの会」との交流の場だった。当時、私も「半どんの会」にエッセイストとして参加していた。この席で日本画家の丸投さんと妙に気が合って、深い交友が始まったのであった。私は、早速「丸投上等兵」の新聞記事を手にお宅へ車を走らせた。丸投さんはこころよく画室に招じ入れてくれた。部屋の入口に、「歓創居」と墨書した板切れが掛けられていた。「かんそうきょ」と口にしていると、「そうです。ここは、〝ふるさとの自然の風物をいっぱいいいただいて、自由に画を創らせていただくことを歓び、感謝の気持を忘れないところなのだ〟と自らに言い聞かせてこんな言葉を考えました」とにっこり。丸投さんの笑顔にさそわれて、私はいつの間にか子どもの頃の話をしていた。

小学校三年生の図画の時間に、先生から自分の左手をデッサンするよう言われたこと。親指を立てて、人差し指を伸ばした掌を見ながら描くのは難しくて大変だったが、懸命に描いて提出したら、翌日、中央廊下に自分の絵が貼りだされて驚いたこと。とても嬉しくて、それから絵を描くのが好きな子どもになったと思っていることなどを。小学生のときから「少年絵師」ともいわれていた丸投さんにこんな幼稚な話をしていたと思うと今でも冷や汗が出てくる。帰りぎわに「後藤さん、そのときは褒められようなどと思っていなかったでしょう、無心だったからいい絵が描けたのですよ。無心とは考えないとか、感じないとかいうことではありませんよ。感じても、考えてもそれにとらわれない心ですよ。無心とは気にかからない心です」と言われた言葉が、いまも心に残っている。

丸投さんは昭和三十三年再興四十三回院展に『行く秋』を初出品、初入選した。以降、『水ぬるむ』、『春が来た』、『百舌鳥が鳴く』、『山の里』が連続入選して、院友に推挙されている。その後もふるさとの風景を描いた『春風いっぱい』、『夏のはなし』が入選した。無名の画家、丸投三代吉が院展で入選を重ねたのは、子どもが自由に描いたような作品の中の色彩の美しさに、審査員が驚嘆したからであろう。丸投さんは『求道の雑記帳』に色彩についての心構えをこう書きとめていた。

「心色自在、ありとあらゆる心境に遊びながら心楽しく、そして、己の色（表現）が己を魅惑することが最も大切なことだと思う」

『行く秋』には、日本画の巨匠で審査員の竪山南風がこの絵に描かれていたカラスを指しながら、居並ぶ幹部の方々に向かって「君たち、こんなカラスが描けるかね」と言われたという逸話があることを丸投さんに聞いてみた。すると、私に「童謡『七つの子』の第三節を覚えていますか」と問われた。

山のふる巣へ
行ってみてごらん

丸い目をしたいい子だよ

丸投さんはこの詞を歌いながら『行く秋』を童心にかえって描いたというのである。

「洗濯物をハンガーごと咥えて飛び去る憎まれっこのカラスはハンガーと小枝を組み立てて巣を作っているでしょう。洗濯物を褥《しとね》にして七つの子を育てている愛すべきカラスの姿が浮かんできて、あの絵を描いたのですよ。院展の大家の方々の感性を打ったと思うと、初入選よりも嬉しいですね」と笑われた。それからしばらくして私は竜野市立揖保小学校を訪れる機会があった。丸投さんが描かれた体育館の壁画には、校歌や『七つの子』の歌詞のほか、『赤とんぼ』などの童謡から飛び出してきたかのような絵が楽しそうにのびのびと描かれていた。その中にあの愛すべきカラスの姿を見て、とても感動したのだった。

竪山南風全文集『思い出のままに』（求龍堂刊）に、つぎのような一文があった。

「この頃の絵を見ていると野心的な絵や見せたい絵ばかりで、力や迫力はあっても肝腎の心持がない。とにかく見て呉れとする野心では困る。若しここに天才的な優れた腕を持ち、そして一面対世間的の煩わしさから離脱し、その精力を悉く絵に集中しうる境地に在り得たとしたら、それこそ素晴らしいものが描けるだろうにと、心密かにそう思うのである」

私には、審査員として丸投さんの作品と他の作品を見ての感想のように思えてならなかった。

娘さんの丸尾美千代さんが父の言葉をまとめた『求道の雑記帳』という冊子がある。そのとびらには「父の画描き人生の原点とも言える、シベリア抑留生活、それは、父が後に、〔氷点下五〇度の過酷な世界、色のない世界」と表現していたように、人が生きるのには、あまりにもきびしい環境でした。その境遇の試練で父は、「素直にかつ誠実に生きよう、頼りは自分ひとり、そして、自分に厳しく」と、生きて帰れた喜びを、物欲や名誉欲に振り回されず童心で描き続けました」とあった。竪山南風の思いと重なっているようで興味深い。

丸投さんが、みんなの勧めでやっと重い腰をあげて画集『雑草彩歌』を出版したのは平成二年八月一日であった。表紙に力強く書かれた『雑草彩歌』の書体は、豪快である。丸投さんは、常に「心　謙虚にして筆大胆であれ、心　仏で鬼筆果敢、鬼筆大胆」と言われていたというが、言葉通りの筆致である。ページを繰ると画集の冒頭に詩のような「あいさつ」があった。

私にとって画は自分自身の自由であり、終着のない旅である。旅装を解く時、その夢は覚め、心はまた旅の中を彷徨う孤独な旅人になりたい。

私は画と遊び、画の中に入り込み自分を探し彷徨う。

終着のない旅は心を全ての呪縛から解き放ち、私の描くキャンパスの中へと誘う。キャンパスに今、筆が走る。

私は画集を抱えてお宅に伺い署名をお願いした。丸投さんは、表紙を開くと裏表紙に「為　後藤茂先生」と書かれた。ややあって、絵の具箱をひきだし、濃い緑のチューブの蓋を取った。チューブの口にいきなり絵筆の穂先を突っ込み、画面の下の方から上の方へ力強く一本線を伸ばした。そして筆の穂先をねかせ二、三度紙面に押し付けたのである。葉っぱであった。次は赤のチューブを取りだして同様に絵筆の穂先をチューブに突っこみ筆を下ろすと、今度は椿の花びらになった。新しい筆に水を含ませて赤い花びらをサーとぼかす。そして白い絵の具をつける。黄色を穂先にとって、チョンチョンと置いた、蕊《しべ》だ。最初に描いた一本の伸ばした線の脇に赤い絵の具が、ひと滴《しずく》落ちて、蕾《つぼみ》になった。

黄土色をつけた筆が椿の木の下へ走った。いつの間に描かれていたのか、猫が寝そべっていた。黄土色は猫の貌を彩っていた。つぎにブルーの絵の具をとりだして猫の体としっぽを塗りこんだ。表紙裏のページは薄茶色なので目の輪郭が描かれると不思議に猫の目が黄金色に光ってきた。画はできあがった。丸投さんは墨を磨り、太い筆にたっぷりと含ませると、それこそ一気呵成に丸投三代吉と署名してくれた。私のお気に入りの署名である。直筆の画が画集に収まった。

平成三・一・九　丸投三代吉と書き、その下に1991と記して、落款を捺された。最後に「ふるさとはいつもええな――」と書き加えた。丸投さんが亡くなられたのは平成三年の六月二十三日、八十歳であった。この日は、丸投さんがふるさとの土に還られるわずか五ヶ月前だったのだ。

以前お宅にお伺いすると、いきなり手頸をつかまれ、裏の聖安寺に連れていかれた。丸投さんに本堂への階段を引っ張り上げられた。本堂に一歩入ると息を呑んだ。鮮やかな絵の具で塗られている柱、壁、欄間、襖、が目に飛び込んできた。弥陀如来が描かれ、魚が泳いでいる。獅子舞いの獅子頭、菊や牡丹やさまざまな草花が犇《ひし》めくように色美しく描かれていた。まさしく丸投さんの創作だ。丸投さんの葬儀はこの本堂で行われた。

読経が終わると、奥さんが傍に来られて、「三代吉が十日ほど前から色紙をとりだして画を描き始めました。私に手帳をあずけて、「この中にわしが画を描くのに、親しく遊んでくれた人々の名前を書いておいたから死んだら差し上げて欲しい」と言い遺したのです。お持ち帰り下さい」と色紙を手渡されていた。ハマグリと熟したイチジクが描かれていた。いま、この色紙はわが家のリビングに掛けてあり、毎日眺めながら、丸投さんの温かく情の深い人柄を偲んでいる。

『求道の雑記帳』に、「美しき出会いは、相互の幸せを豊かにする泉である。よき出会いから相互の幸せが始まる」という言葉があった。いま思いかえせば丸投さんとの楽しい出会いはこの言葉のとおりで感慨深い。

読売新聞が紙面の四段を大きく割いて、紙本彩色『夏のはなし』を大々的に取りあげたのは平成二年（一九九〇）八月十九日の日曜版であった。芥川喜好美術記者が「忘我の中で連鎖する魂」と次のように書いていた。

「彼が描こうとするのか、彼らが描かれたいと欲するのか。視界はわき上がる歓声にみちている。親愛なものたち。鳥獣人間、草木果実。

妖怪、地の精、魑魅魍魎《ちみもうりょう》。その全員に招集がかかった。手はすばらしい速度で彼らを追う。

人の隣に獣がいる。草の間に鳥、仏。地上の生の一切が、互いの余白を埋めながら、おびただしい連鎖となってめぐる。世界はひとつの全き円となる。

忘我の心地よさのうちに画面は埋まってゆく。下図も何もない。筆の当たったところが感覚の領土だ。いかなるものもその動きの自由を制することはできない。

増殖と豊穣のイメージに彩られた素朴きわまりない生命の祝祭世界が、そうして延々と描きつがれてきた。草莽《そうもう》の人、丸投三代吉。描いた作品は、寺院の壁画や襖絵を含め優に一万点を超える。

十代のころから肖像画や仏画を描いていた。全くの独学である。四十七歳の時、周囲の強いすすめで院展に初めて『行く秋』を出品、入選した。審査員の間で大きな話題になったことをあとで知った。院の大物から上京をすすめる手紙が来たが、応じなかった。

なぜ東京なのか。「東京で苦労しなければモノにならない」と人は言う。なぜモノになる必要があるのか。モノになったらどうだというのか。突きつめれば答えなどあるまい。物欲、名誉欲、権勢欲、それだけである。

なぜ人はそんなに報われたがるのだろう。自分は、好きだから勝手に絵を描いてきた。だれに頼まれたわけでもない。今のままで十分だ――丸投さんはそう考える。

姫路に生まれ、今も生地の近くに住む。ただ一度姫路を離れたのは、軍隊とそれに続くシベリア抑留生活の四年間だった。

「人間とは何なのか」を自問する日々から、一つの答えが生まれる。今日一日が楽しかったという感覚の中で生きること。自分で自分を癒すこと。決して無理をしないこと。「それが形になり、色になり、こんな絵になるんやな」

入選を続けて院展特待になったが、画壇の人ですらない。この夏地元の姫路市立美術館で実現した回顧展は、まことに得難い機会といえるだろう（九月九日まで）。

草がなびき、ドロドロと太鼓の鳴る音がきこえてくる。すべての魂がここへ帰ってきたのだ」

（読売新聞　一九九〇・八・一九　日曜版〈忘我の中で連鎖する魂〉より）

丸投三代吉。この特徴的な名をもつ画家について、美術評論家の中原祐介氏がすでに一九六三年の「芸術新潮」八月号で取り上げていた。ただ読売新聞が日曜版で紹介した時の反響は想像をはるかにこえた。大人から子供まで、高名な評論家から雑誌の編集者、地方自治体の関係者まで、この画家の情報を求め、地元の美術館へ駆けつけた人も多かったという。

平成二年に創刊された小学生からの月刊誌「おおきなポケット」（福音館書店）の表紙に丸投さんの絵が登場した。子どもたちは丸投さんの絵に何を感じたのだろうか。それを知るエピソードが『ふるさと讃歌丸投三代吉展』の図録にある。

「姫路市立美術館で、ある小学校の鑑賞授業があった。郷土画家たちの作品を鑑賞し、「一番気に入った絵を見つけよう」という課題で取り組んだところ、大半の児童たちが丸投さんの絵の前に群がった。「とても色がきれい。いろいろいっぱいあって、皆楽しそうに遊んでいる。自分も一緒に遊びたくなった」「私の大好きなお花がたくさんあってそれが家とか山より大きく描かれていたのでうれしくなりました」「この画家は小さな生きものを大切にしていてやさしい人だと思います」

子どもたちの多くは、絵の中に画家の心を読み取ったようである」

その後、平成八年（一九九六）一月十四日の読売新聞日曜版の『名画再読』で、第六十一回院展入選作品『五百羅漢』が紙面の五段を当てて取り上げられた。

丸投展の棹尾を飾ったのは、平成二十四年四月「自然と生命への讃歌」をテーマにした『生誕百年丸投三代吉』展（姫路市立美術工芸館主催　神戸新聞社後援）であった。郷土が生んだ異色の画家への市民の関心は高く、予想を超えて多くの人が押し寄せた。

おそらく丸投家秘蔵であろう貴重な『道』（六十回院展無鑑査作品　軸装彩色）も展示されて話題になっていた。

『道』は中国の僧、「寒山」と「拾得」を描いたものであった。赤ら貌の「寒山」は唐子髷を着けて世の中を皮肉たっぷりに笑い飛ばしている。「拾得」は長い箒を手にしている。画には「道無窮なるが故に亦楽し」

と賛が入れてあった。

　私は画の前でしばらく動けなかった。なぜなら、以前「周囲におもねず、心の赴くまま、ひたすら絵一筋に生きる丸投さんの生き方を見ていると「寒山」、「拾得」の姿と重なってくるのです」と話したことがあったからだ。

「寒山」、「拾得」という二人の僧を知ったのは、四十年ほど前、中国蘇州郊外の寒山寺を訪れた時だった。「寒山」は、中国唐代の禅僧、詩人で、二人は浙江省天台山近くに共に住んだという。自由奔放な振るまいで、周囲の者を驚かせることも多かったらしいが、その言葉は理にかなっていて人々に感銘を与えたと伝えられている。日本でも画家や文人たちに好んで取り上げられてきた。

「近代では、日本画家の熊谷守一も飄々とした風情の「寒山」「拾得」（ともに一九八五年作）を水墨画で描いていますよ」と、買ったばかりの『へたも絵のうち』（熊谷守一著　日本経済新聞社）に収録されている図版をお見せすると、丸投さんは身を乗り出して見入っていた。熊谷守一は丸投さんが尊敬する画家だったのだ。

会場で丸投さんの「寒山拾得」を見ているうちに、ふと、あの時の何気ない話が丸投さんの心のどこかに残っていて『道』を描かれたのかもしれないと思えて、人なつっこい笑顔とともに懐かしい日々がよみがえり胸が熱くなった。

（二〇一四・一二・五）

顔

昨年は松本清張生誕百年を記念して、とくにテレビや映画界では作品の放映がにぎやかであった。これまでにも『点と線』や『けものみち』などの話題作がドラマ化されて、清張ファンだけでなく多くの推理小説愛好家を楽しませてくれた。そうしたなかで、ＴＢＳテレビが生誕百年スペシャルの一つに『中央流沙』をとりあげたのである。私はチャンネルをあわせた。この小説『中央流沙』の誕生に関わったときのことを思い出しながら、感慨深く見た。

当時私は旧社会党の機関紙の編集局長に就いたばかりであった。政党の機関紙といえばどうもとっつきにくい、というのが定評だ。理屈とイデオロギーをおしつけていたから、広く一般の読者を掴みきれない。わが党の機関紙「社会新報」はとくにひどかったようである。「紙面刷新」の声は上がるがなかなか実を結ばなかった。

なんとか皆さんに読まれ、愛される機関紙にできないものだろうかと考えた。思いついたのが紙面の二段を占める連載小説欄である。一流紙でも連載小説を誰に執筆してもらうか苦労している。販売部数にも大きな影響をあたえるからである。そんなとき、私は松本清張の随筆『黒い手帖』の中にこんな言葉を見つけたのである。

「小説は面白さが本体なのだ。この面白さを喪失した小説から読者が去ってゆくのを誰も非難することはできない」

清張さんはこうも言っていた。

「今日の問題に触れる小説であっても、それが抽象的にしか造型されず、観念的な思想で飾り立てられているだけで、砂を噛むように味気なかったら、多くの読者が敬遠するのは当然である」（「推理小説の魅力」）

小説欄を活用しない手はない。そうだ、清張さんに執筆を頼んでみよう、それも推理小説はどうだろうか、と心に決めたのである。

松本清張といえば『或る「小倉日記」伝』で芥川賞を受賞して以来、推理長編『点と線』はベストセラーとなり、ノンフィクション『日本の黒い霧』で話題をさらった。『現代日本官僚論』が日本ジャーナリスト会議賞を受賞するなど社会派小説といわれる分野でも大作家としての地位を築き上げていたのである。

そんな清張さんの元へ物怖じもせずに伺った。貧乏政党のことだ、原稿料はどのくらいするのか、それも満足に払えないかもしれないのに、当って砕けろだと飛び込んだのである。もちろん誰の紹介状も持っていない。いま考えても冷や汗が流れてくる。

昭和四十年（一九六五）の初めであった。立春を過ぎたとはいえ、杉並の浜田山はまだ冬の風情、庭先のジンチョウゲは、かたく蕾を閉じていた。門口にぶら下げられた［猛犬に注意］の木札を見ながら恐る恐る格子戸をあけると、小さな柴犬が尾をふってくれた。

ほどなく煙草をくわえた和服姿の清張さんが、闖入してきた私に驚きながらも玄関横の応接間に迎えてくれた。壁には岸田劉生の『麗子像』が掛けられていた。ガンダーラの仏頭が、さりげなく置かれていた。そんな部屋の様子がいまも強く印象にのこっている。

「先生、党の機関紙に小説を寄稿していただけないでしょうか」

単刀直入、申し上げると、しばらく考えておられたが、

「書きましょうか、そうだな、『東洋自由新聞』を創刊した中江兆民はどうかな」

と、それまでは難しい顔をしておられた清張さんが、笑顔で答えてくれた。

中江兆民といえば明治政府攻撃に健筆をふるった自由民権運動の理論的指導者である。私の心はちょっと動いた。しかし私は、

「中江兆民も魅力がありますが、やはり、社会派小説、それも推理小説が欲しいのですが」と、重ねてお願いした。

「じゃ、後日連絡しましょう」

先生の言葉に激震が走った。胸が高鳴った。奥さんが出してくれた紅茶の味もわからなかった。近寄ることさえかなわないと思っていた清張さんである。一介の政党書記、氏素性も分からない男を信頼していただいた。四十歳になったばかりの私は、宙を飛ぶ思いで辞したのであった。

「私は、『現代官僚論』を二年がかりで某誌に書きつづけてきた。保守政党が官僚に命じ、財界が政党に命じている。これが今の日本の「政

治」の姿である。だが、これは概念であって、理屈としては頭に入るかも分からないが、感情に訴えるには小説しかない。日本にはまだ「官僚」を主体にした小説がないので、これを書いてみたい。どういうものができるか、読者のご支援によって自信を得るしかない」

連載にあたっての「作者の言葉」である。私は松本清張と印刷された原稿用紙に万年筆で書かれたこの直筆原稿を、宝物のように今も大切に保存している。

宴会場の料亭は札幌の山の手にあった。

小説は、この文章から始まる。第一回の原稿は、直接私がいただいた。この書きだしを読んで、「これはいける」と感じたのだ。小説の展開に興味を持たせる、と思えたからだ。

『中央流沙』は、砂糖の自由化をめぐった業界と高級官僚の汚職構造の暗い谷間に、抹殺されていった小官僚の姿を、鋭く抉りだした小説であった。

「挿絵は田代光さんにお願いしましょう」との先生のご意向をうけて、浅草の馬道にお住まいの田代さんのお宅をお訪ねした。水墨で描かれた何枚かの絵が立てかけられている二階の広い画室で、「清張さんの小説ですか、よろこんで」と、二つ返事の田代さん、歌舞伎俳優を思わせるような顔をくずして、引き受けてくれた。

そのときいただいた田代さんの挿絵画家の「ひと言」も、私が大切にしている原稿だ。こう書かれている。

「私の人生で月給をもらったことが一回ある。しかし務めたことは一度もない。従って官僚的な人生を知るよしもない。しかし酒を飲まない役者が呑み助役がうまかったりする。私もそんな気持ちで小説の世界に入ってみることにする」

小説には西秀太郎という胡散臭い男が出てくる。「肩書きは弁護士とあるが、ほとんど法廷に出たことはない。彼は、どの農林省の局長と会う時もフリー・パスだった」

西は、汚職捜査の手が局長におよぶのを知って、その鍵をにぎる課長補佐を北海道へ出張させ、さらに宮城県の作並温泉に誘い出して殺害する。自殺と見せかけるのである。かくて捜査は行きづまろうとするが死因に不審を抱いた刑事や新聞記者が動き出す。しかし、捜査は、上からの中止の断がくだされた。

札幌の料亭からあわてて引き返してきた食糧管理局長は逮捕の手をのがれ、代わりに蚕糸局長の天下りが決まっていた酪農会社へは、警察庁の局長が送り込まれる。課長補佐を「忠死」させて、捜査と引き換えに警察と取引の仲介をしたのは、「背の低い、ずんぐりとした西弁護士」であった。殺人犯人は、「弁護士の肩書きで、悠々と白日のもとに大手を振って役所に出入りしている。そこで顔を利かせ、利権をあさり、役人には半ば怖れられ、半ば利用され、利用している」。その実態を見つめていたのは、小官僚のさらに下にいる事務官の皮肉な目であった。

この小説の狂言回しは、流沙のような農林省の属官山田喜一郎であった。高慢な「上役」と西弁護士のような「顔役」が蠢く汚職腐敗の構造を、山田事務官の目を通して、語り明かしてくれるのである。

私が清張文学に初めてふれたのは『西郷札』であった。その後『張込み』、『顔』などの短編に魅せられて清張ファンになっていた。どの作品を読んでも、そこに人間が描かれていたからである。これまでの探偵小説は、謎解きやトリックなどに凝ってはいても、ねたみや欲望といった人間の心理描写が見えない。清張さんが求め続けたのは、日常性を身につけた推理小説だったのである。私は書斎に清張さんからいただいた「真実探求」と書かれた色紙を掛けているが、清張文学の真髄はまさしく、真実の探求だったと思っている。

清張さんが描く人間に、さらに生命を吹き込んだのは田代さんの挿絵であった。ふしぎな人物西弁護士が、恫喝する顔、急にヘラヘラと目じりを下げて笑い出す顔、田代さんの挿絵はこの男を、水墨で憎々しげに描いた。柔和な顔を、大悪党に描ける画家は、田代さんを措いてほかにないように思う。その意味で〝悪人画家〟の異名を冠せられた田代さんと清張さんの、十数年来切れることなく続いたコンビは、『中央流沙』でも、読者に強く迫るものがあった。

『顔』は私の好きな短編である。女を殺した暗い過去を持つ俳優が、抜擢されて映画に出演することになる。女と汽車に乗っていたところを一人の男に見られていた。自分の顔が大きく画面に写されているのをその男に見られたら、過去の犯罪がバレはしないかと怖れる、というストーリーである。『顔』を読み直してみて、もし若い俳優の顔が、清張さんのような特徴のある顔であったら、この小説は成り立たないな、と思ったりしたものだ。

「黒を起点として発想して来る迷路は、清張さんの独壇場というべきであろう」（エッセイ『黒い光線』）と、田代さんは、清張さんのリアルな心理描写に感動しながら描くことができた、と語っている。

『黒の回廊』、『黒い樹海』、『黒革の手帖』、『黒い画集』、『日本の黒い霧』といったように清張さんの小説は見事に「黒」が生かされている。この「黒」が田代さん（のち田代素魁とされた）のこころを奮いたたせ、作家と挿絵画家のコンビを作り、読者を強く引き込んでいったのではないだろうか。

田代さんにこんな詩がある。

人間
私は自分をくるめて
人間が大好きで
大嫌いだ

「一つおかれた点から線を起こせば風を呼び、雲をおこすくらいのものでありたい。色をおけば喜怒哀楽が真理となって再現されてくる」

（田代光画集『黒と白』）

私は挿し絵の中に文学と同じように人間を求めてきた、という田代さんは、清張文学に魅せられ、そこに登場する人間に惚れこんでいったのだろう。

「松本清張の幅も奥行きもある作風が、僕の内部にある芸心を動かし、挿し絵という枠の中で枠越えを試み、枠外に踏み出せたことは挿し絵画家として喜びでもあったし、楽しみでもあった」（田代素魁随筆集『変手古倫物語』）

といっていることからも伺えるのである。

「人間ほど興味をもてる材料は他にない。そして人間を象徴するものは顔そのものである」（エッセイ『私は悪人画家』田代光）

（「Plutonium」№.68　二〇一〇・冬）

閑時、漢字と遊ぶ

いつの頃からか、私は毎朝、読売新聞に連載中の「こどもの詩」を読むのが楽しみになっていた。後に、川崎洋編で再録されているので、読み直すことはできるのだが、それでも心を打った「こどもの詩」はメモしていた。

今朝の「こどもの詩」は横浜市に住む小学校三年生の遠藤菜々ちゃんのこんな詩であった。

難しい漢字

知っている字
欠伸はあくび
知らない字は
納戸や見栄や初心
びっくりしたことは
おみやげのことを
お土産とかくことです。

私は、わずか八行のこの詩を読んで、こどものゆたかな感性に唸ったものだ。
「土産」という字をひっくり返すと「産土」だ。土産は「みやげ」と読むが、産土は「うぶすな」とも読む。菜々ちゃんに漢字文化の楽しさを教えられたような気がした。

古来、日本人は生まれた土地を産土《うぶすな》と呼んできた。そこには神が宿ると考えて、村の鎮守の神さま「産土さま」を祀った。産土の地に採れた野菜や木の実、穀物、くだもの、貝や魚などの豊穣をよろこび、自然の恵みを手塩にかけて、土産にしたのである。神の恵みのお裾分けである。

土産は「いえづと」といい、漢字では「家苞」。藁苞《わらづと》に包んで家へ持ち帰る、と読める。『大言海』には、「其土地ニ産ズル物ヲ、斉シ帰リテ、家人ニ贈ルモノ」とあった。

大伴家持がこんな歌を残している。

『万葉集』巻ノ二十。

伊弊都刀尓　可比曾比里弊流　波麻奈美波
伊也之久々々二　多可久与須礼騰
家づとに　貝そ拾へる　浜波は　いやしくしくに　高く寄すれど

おなじ『万葉集』巻ノ十五には、防人《さきもり》が詠んだこんな歌もある。

伊敝豆刀尓　可比乎比里布等　於伎尓欲里
与世久流奈美尓　許呂毛弖奴礼奴
家づとに　貝を拾ふと　沖辺より　寄せ来る波に　衣手濡れぬ

漢字の表す意味とは関係なく音や訓をとりまぜて、「家づと」は「伊弊都刀」であったり、「伊敝豆刀」であったりする。作者は、漢字を自由自在に和語、和文に変えているのである。訓読みして巧みに大和言葉も創り出してきているが、これが今日、どれほど私たちの言語生活を豊かにしてくれているかしれない。万葉人の詩情にこころ打たれる。文字の愉しさをかみしめるのである。

と、ここまで書いて「大人はどうも理屈っぽくていけない。菜々ちゃん、ごめんね」とあやまるのである。

兼好法師は『徒然草』の一節に、「よき友三つあり」と、つぎの三つをあげている。

一つには、物くるる友。二つには、薬師《くすし》。三つには、智慧《ちえ》ある友。

智、情、それに意ならぬ医である。とりわけお土産を提げてくる友を、情のあるよき友としていて、なんとも微笑《ほほえ》ましい。

小学校で学ぶ漢字は千六字だそうだ。かの『千字文』より六字多いというのも面白い。『千字文』は「天地玄黄　宇宙洪荒」に始まるが、私はこの音色が好きでよく口ずさむ。

夏目漱石も、明治二十九年にこんな句を詠んでいた。

手習や天地玄黄梅の花

『千字文』は、いまから千五百年昔、中国の梁の時代に周興嗣《しゅうこうし》が編んだもので、子供たちが文字を習う初歩の教科書として作られたものだ。時の王武帝から、王羲之《おうぎし》の筆跡をばらばらにした紙片を渡され、一字一字拾いあげて韻文を考えてみよ、と命ぜられた周興嗣は、四書五経や古人の逸話、歴史的な故事を引いて四字を一句とし、一字の重複もなく一千字の韻文をつくりあげたといわれている。これに北魏の李暹《りせん》がつけた注釈は、まるで歴史講談でも聞くように愉しく、四字の韻文二百五十句は、まさに詩である。

漱石は、中国六朝時代の晋の孫楚が、「枕石漱流」というところを「漱石枕流」と言い間違え、「石は歯を磨くため、流れは耳を洗うためだ」と強がったという故事が気に入って、筆名を「漱石」とつけたといわれるが、私は、生意気に「游石」という号をつけている。漢字はその意味だけではなくて、字体がかもしだす凛とした風格に引き込まれることがあるが、漢文を習ったころから、なぜか「游」の字に魅せられていたからである。

漂泊の俳人山頭火に、

濁れる水の流れつつ澄む

がある。こころに沁みてくる句だ。使われた漢字はすべて水偏である。「游」を眺めていると、網代笠に破れ衣の山頭火が妙に重なってくるのだ。私が、「游石」という雅印をつくって楽しんでいるのも、水の流れが、石たちと無心に戯れている情景を、わが人生に映しているからかもしれない。

子曰《しのたまわく》　知者楽水《ちしゃらくすい》。（知者水を楽しむ）

水は流れる。知者は流れてやまぬ水の姿を楽しむものだ、と、教壇を歩きながら論語の一節を読み上げていた旧制中学時代の漢文の先生の顔が、ふと、浮かんできた。

「漱」の字は、教育漢字からも、常用漢字からも、もちろん人名漢字からも追放されている が、さすがに漱石だ。「漱石」とクリックするとパソコンの画面に出てくる。しかし「游」の字は現れない。ところがうれしいことに、『四字熟語辞典』（岩波書店）には「游」の字が入っていたのである。「優游涵泳」という熟語で、「ゆったりした心で学問や芸術の境にひたること」と説明があり、朱子が『語類』のなかに、「涵泳」とは、ひたすら子細に読書することの別名だ、と言っていると付記されていた。

中国・南宋随一の詩人陸游《りくゆう》にこんな詩がある。

帰老せば寧《なん》ぞ五畝の園無けん

読書の本意は元元に在り
灯前目の力は昔に非ずと雖も
猶課す蝿頭二万字

「隠退すれば故郷には田宅もあるが、こうして読書するのは、民（元元）のために尽くしたいからだ。目の力は衰えたが、なお蝿の頭ほどの小さい文字二万字を読むことを日課にしている」と詠っている。陸游の「游」の字が目に沁みる。私の好きな詩人だ。

老いを感じる人々が増えてきたからだろうか、このところ辞書、辞典の類がつぎつぎと出版されている。『仏教四文字熟語辞典』（人物往来社）もその一つだ。

この辞典に、「雑学惑心」という四字熟語があった。系統立たない学問や知識では、迷うことがあるという意味で、身につまされる。出典は

『五輪九字明秘密釈』とある。「悉く書を信ずれば即ち書無きに如かず」という孟子の言葉が付記されていた。編者は、数多くの仏典から千語を選んだ碩学、須藤隆仙という学僧である。

大修館書店から出されている『熟語辞典』は、私の愛用の辞典だ。その序文に、「四字熟語は、中国四千年の文化文明が生んだ輝かしい成果である。日本千数百年の漢字漢語文化史上の、見事な結実である」と書かれていた。収められた熟語もさることながら、珠玉の序文にも感動である。

難しい漢字が無《む》闇《やみ》矢《や》鱈《たら》と失われていく昨今、新聞の見出しに「魑魅魍魎」という熟語が、ルビもふらずに出てきたのには驚いた。この四文字は、一字一字だとワープロにも顔を出さないが、熟語になると白昼でも堂々と姿を見せてくれて嬉しい。「魑」は山林の精、「魅」はもののけ、「魍」は山水の妖精、「魎」は妖怪、いずれも部首は「鬼」、おそろしげな容貌で、訓では「すだま」という。実に見事な四字熟語だ。追放した漢字だからと、「ちみもうりょう」と仮名で書けばチンプンカンプン、当のお化けに嗤《わら》われそうである。

作家の大庭みな子さんは、「詩の言葉、歌の言葉の特質のある日本語は、単なる記号としての言葉ではなく、その奥にいわば言霊を持った言葉として、人の心を繋いでゆくに違いない」（エッセイ『心を繋ぐ言霊を持った言葉』）といっているが、「魑魅魍魎」もこの言霊《ことだま》を秘めた文字といえようか。

青葉が目に沁みる。爽やかな季節到来である。今日はこどもの日だ。ケーキを手土産に中学生の孫を訪ねた。散らかった部屋に、『漢字検定準一級「頻出度順」問題集』があるのを見つけてびっくりした。三千字の漢字をとりあげ、読み、書き、四字熟語に分けて、例題が出ている。興ひかれるままに拾い読みしてみたが、なかなかどうして、難問であった。

四字熟語のなかに、「焚書坑儒」が出ていた。久しぶりに目にする熟語である。度量衡や貨幣、漢字を整理統一した秦の始皇帝が、生きた漢字を研究しない儒者らの書物を焼き捨て、生きたまま坑《あな》に埋めたという故事からできた言葉だが、問題集には読み方は書いてあっても解説がない。辞書や歴史書で勉強しなさいということだろうが、それにしても、「ふんしょこうじゅ」ではなんのことだか分かるまいと、ぶつぶつ呟きながらページを閉じた。

このところ妙に漢字にこだわりはじめた私のもとへ、親しい友である尾崎護さん（元大蔵事務次官・作家）から、毎週一回寺子屋を開講している、との便りが届いた。

「塾長は私で、塾生は近くに住む小学一年生と三年生の男の子とおばぁちゃん（妻）の三人きり。日本語の調子を整えるのには漢文のセンスが欠かせないと思い、意味なんてわからなくてもいい、子曰《のたまわ》く……と素読した若いころの記憶が、自然に文章の調子を身につけることができたと思っているので、孫たちにも声をだして暗唱させることにした」と、にわか塾長尾崎さんは、文面で笑っていた。

『祖父の塾』の第一回は朱熹《しゅき》の「少年易老學難成」の一行にしたそうで、「少年老い易く学成り難し」と書き下ろした文にルビを振っている。学殖ゆたかな尾崎さんは、自らワープロでテキストをつくり、余白には説明文をつけた。その歴史的背景を説きながら、孫たちと学びあう今様寺子屋風景は、『孫のための「おじいちゃんの素読」私塾』(「諸君!」平成十七年三月号)に愉しく描かれていたが、「高齢者が漢文の底力で読書の喜び」を増やして欲しいと語る尾崎さんの思いに、つい、ひきこまれたのであった。「漢文を読む目的は日本語をみがくことである」と語っている尾崎さん、いい言葉だ。

それで思い出したことがある。数年前、台湾の工程師学会に招かれて、「核四核不核建―核電政策與安全―」検討会で講演した日のことだ。工程師の皆さんの感謝の気持ちだといって、会長の陳文源さんから「高膽遠矚」と彫金した額を贈られたのである。

中国や日本が進めている簡略化を、かたくなに拒む台湾では、町を歩いていても字画の多い漢字に出合うと、ふしぎな感動をおぼえる。だから私は、「高膽遠矚《こうたんえんしょく》」のような熟語は、もはや台湾だけに残された熟語かな、と、懐かしい思いで口ずさんだのであった。

試みにインターネットで検索してみると、あの簡体字の氾濫している中国でこの熟語が生きていたのだ。「西部大開発呼喚留学人員」と題して書かれた雑誌にあった。「世紀の境目において、わが国の現代化建設は、全面的に第二期の戦略目標を実現し、第三期戦略配置を開始するにあたり、中共中央は『高膽遠矚、総攬全局、審時度勢、不失時机』、大開発戦略の実現を図る」（「神州学人」二〇〇〇年五月号）との評論員の論説で、「志を高く、遠くを望み、全体を掌握し、形勢を判断し、時機を失せず」建設する。学生よ来たれ、というのだ。「高瞻遠矚、総攬全局」は、江沢民主席の呼びかけ（「人民日報」）であった。

閑時、游閑、ゆとりありて緑陰に、『論語』を開く。「行不由徑」という言葉を見つけた。大道をまっすぐ進むがよい。近道と見え、変化に魅力を感じても、小径はやがて行きづまる、と教えている。

孔子の弟子で、文学にすぐれた春秋時代の呉の人、子游《しゆう》の言であった。

そこで駄句を一句、

「游」の字に目をかがやかす河童かな　　游石

（「Plutonium」No.50　二〇〇五・夏）

愛すべき豆本

「ものごとに興味をもち、捕らえたものを蓄える生物はいる。しかしその好奇心が高じて、それを蒐集、所蔵するといった行動をとるのは人間だけであろう。蒐集は、心理的には興味であり、生理的には性癖である。是等が結び合う故、人間をた易く夢中にさせる」というのは柳宗悦である。

骨董は、蒐集とは違うようだ。もともと「美術的な価値や希少価値のある古美術品や骨董品」（大辞泉）ということであるらしいが、二義的には、「古いだけで実際の役にはたたなくなったもの」が骨董ともいわれている。そんな解釈から、「青銅」が転じたという説もあり、「雑多、ごたごたの意」と書いた辞書もあるが、所詮、庶民の手が届くのは、雑多止まりといえるだろう。

本を買うと、かけてくれるブックカバーなどが集まってくる。本屋さんにはそれぞれこだわりがあるようで、著名な画家が描いた絵とか、イラストのカットなどが刷られていると、つい、とっておきたくなる。

いつのころからか、「ご趣味は」と聞かれると、私は「古本漁り」と答えるようになった。古本漁りといっても、ただ本を訪ねて彷徨《さまよ》い歩いているのだが、しかし、随筆集、それも函入りの本には目がない。

獺《かわうそ》は捕らえた魚を四方に並べる習性があるという。これを獺祭《だっさい》というそうだが、晩唐の詩人李商隠は自らをなぞらえて「獺祭魚」と号した。多くの書物や資料をうず高く積み上げて、苦吟していたそうだが、もちろんそんな域に達していない。

先日も、作家の出久根達郎さんが古書店主だったころのことを書いたエッセイ「ほんの紙魚」を読んでいて、おもわず笑った。

ある日、七十代の婦人と、四十代の婦人が口論しながら店に入ってきた。七十代の婦人が、『フランダースの犬』はないか、と言う。すかさず若い婦人が、「一体何冊買えば気がすむのよ」、と声を荒げた。娘さんは苦笑しながらこういったのである。

「この人は『フランダースの犬』を何十種類も集めている。変ですよね」

出久根さんは、「いいえ、ちっとも」、といって、こう答えたそうだ。「本は何十種類何百種類とある。色んな本で、楽しめる。楽しみ方は、それぞれ異なるだろう。書物の魅力は、バリエーションにある」

いつだったか、デンソウ会長の石丸典生さんが書いていたこんなコラムを思い出した。

ドイツの自動車工場を訪ねたとき、「怠惰を誉める」と書かれた社の方針を見せられ、「人間は怠惰でなければ進歩はない。歩くのが大儀だから、自動車を作った。漕ぐのが嫌だから、蒸気船を発明した云々」とあったのに驚いた、という話である。

私は、こころ打つ言葉に出会うと、ファイルするくせがある。こんな切り抜きが出てきた。エコノミスト誌にあった「遊び心がビジネスに活力」という小さな記事だ。ビジネス社会ではあそびは無用とされがちだが、じっさいは技術革新や仕事への満足感に寄与しているといって、「ファイナンシャル・タイムズ」(二〇〇〇・四・八)のつぎのような文章が紹介されていたのである。

「不幸な子供は遊ばない。企業社会でも苦境にある会社は、遊びを真っ先に切り捨てる。だが遊び心に見られる自主性が、仕事の活力や創造性を生むのだ」

趣味や道楽などはどうだろうか。度を過ぎると始末に困るといわれるが、これがなかなか止められないのである。くだらないものと蔑《さげす》まれそうだが、当人にしてみれば宝物である。無駄を遊んで金鉱を探していると思っているのだ。

歌人の窪田空穂は、「七十代は良いものである。微笑して楽しむ世界が開けてくる」といっているが、私は、その七十代を過ぎてから手習いをはじめた。毎月二回、水彩画教室に通って静物や風景、裸婦などを相手に日曜画家を楽しんでいるのである。稚拙な作品でも、数だけはたまってきて、「うまいなあ」とおだてられたりしようものなら、「もっていきますか」相手の迷惑もかまわず嫁に出している。

そんな私のささやかなコレクションのなかで、愛しんでいるのが豆本である。

ある日、神田の古書店街を歩いていたときのことだ。いつもは通りに面した古本屋さんを覗いているが、この日は、ビルの四階にある吾八書房の扉を押していた。この本屋は、豆本、稀覯本、限定本、版画本などが置かれていて、思わぬ掘り出しものに出会えることもあるが、なにぶんにも高価、手が出ない。だから、年に一度覗くかどうかの店だ。

いつものように目の保養と思って眺めていたところ、創刊号から二十五編まで揃った豆本「灯」叢書が並んでいたのである。私の目は点になった。というのは、この豆本の三十編に、私の『随筆集ヴィオロンの音』を加えてもらうことになっていたからである。

叢書のうち何冊かは、すでにもっていた。揃いを買えばこれらは二重になる。値段も値段だ。頭の中で打算が弾《はじ》いた。私は買わないで店を出た。帰路、葛藤が始まる。

「お前の本が入る叢書をなぜ揃えないのだ」といった声が聞こえてくる。

翌日、くだんの書房へ走った。売れないでいてくれた「灯」叢書が、わが手に入ったのである。

その足で日本古書通信社を訪ねた。ここには神田古書店街の生き字引で、古書に関する著書も数多く出している八木福次郎さんがいる。おなじ播州出身ということもあっていつも話が弾んだ。「灯」叢書を手に入れたと得意げに話すと、八木さんも『古通豆本』を発行してきているだけに、豆本となると話は尽きない。こんなエピソードを語ってくれた。

大阪万博が開かれた昭和四十五年早々のこと、漫画家の宮尾しげをさんが見えて、「お祭り広場で何か変わった露店、たとえば豆本の露店をだしたらどうか」といってきた。そのころは各地方で郷土色ゆたかな豆本が発行されていたことから、思いつかれたのであろう。

「ぜひやりましょう」ということになって、急ぎ豆本集めに走った。

わずか一週間の露店であったが、人だかりがするほどの好評、このことに味をしめて、かねてから温めていた『古通豆本』を出すことになっ

たのである。（現在一四一刷目で小休止）

こんなことがあってしばらくたったころだ。龍野市にお住まいの詩人藤木明子さんがひょっこりわが家をたずねてきた。

「はい、これお土産よ」といって、紙袋から取り出してくれたのが、明石豆本「らんぷ」叢書であった。創刊号から終刊号まで二十六冊全揃いだ。

豆本「らんぷ」は、兵庫県の文人知事といわれた阪本勝の勧進で、昭和四十六年（一九七一）に誕生したユニークな文芸書だ。話は聞いていたが実物を見るのははじめてである。兵庫特産の杉原紙で装丁した縦十cm、横七cmほどの、頬ずりしたくなるような豆本であった。頒価四百円、五〇〜七〇ページほどの本で、年寄りには天眼鏡がなければ読めないような小さい字が詰まっている。発行部数の少なかった「らんぷ」叢書が、揃いで手に入るなんて奇跡である。私は思わずため息をついていた。八木さんの話にあった豆本露店の翌年に、兵庫の地から出たというのも愉快だ。

創刊号は阪本知事が『わが牧歌』を書いていた。ふるさと尼崎を中心に、先祖の出自から歴史、風土が語られていて、郷愁を誘う。孫娘の花《か》衣《い》ちゃんがこの世に生れて百二日目に書き上げたのだそうだ。

「花衣よ。大きくなったら、このちっちゃな本を読んでおくれ」と記していた。なんともほほえましい。

二号に、歌人重松実氏が書いた『逸話、金山平三』は読み応えがあった。兵庫が生んだ洋画家の個性豊かな秘話が語られていた。

三号には詩人富田砕花の『兵庫讃歌』が採られている。丹波、但馬、摂津、播磨、淡路の五カ国の歴史、風土を歌いあげたものだ。福崎の歌人木村真康さんが『田舎者の手記』(十一号)を、姫路の作家川口汐子さんが童話と短歌を収めた『北国抄』(十七号)など、そして終刊になった二十六号に北原白秋に師事した歌人初井しづ枝さんが、『歳月の四季』を書いている。初井さんは、その前の年体調を崩して病床にあった。ほどなく亡くなられているので、この終刊号は絶筆の著書になった。

しづかにも年移りゆくいきほひにひとついのちを従いゆかん

こんな歌が詠まれていた。

私が全巻手に入れた豆本「灯」叢書は、「らんぷ」叢書の終刊をおしんだ阪本知事が、県内の文人たちに呼びかけて生まれたものである。五百部限定、発行責任者は文人仙賀松雄さんであった。

大きさ、装丁は「らんぷ」叢書と同じだ。ともに洋画家の納健さんが表紙を飾っている。豆本「らんぷ」は、毎号違った形のランプが描かれており、豆本「灯」の方は、内容にふさわしい版画を表紙に使い、納さん自ら一冊一冊彩色していて、惚れ惚れする豆本だ。

それにしても嬉しかったのは、「灯」叢書である。「灯発行について」という冊子に、会員になってほしいと呼びかけた文章を入れて、「灯」叢書そっくりの体裁で出されていたのである。好事家ならずとも垂涎の叢書である。

「灯」の第一号（昭和五十年）は、隗より始めよで、仙賀松雄さんが『手職の人々』を書いている。私が魅かれたのは第三号の『北条石仏』であった。「百人壹首　壹人百首」と副題が付いているように、五百羅漢を百人の歌人がそれぞれ一首、歌人で羅漢の守人であった岸原廣明さんが百首を歌っている。冒頭には、「灯」が創刊されたその年、七十五歳で鬼界に入った阪本知事の

北条の羅漢さんこそ悲しけれ満月の夜をひた泣きたもう

の歌が載せられた。つづいて、

紅梅はいよいよ紅く　白梅はいよいよ白し大人を悼みつ

と詠った岸原廣明さんの「挽歌一首」を収めている。阪本知事がスケッチした羅漢の画が三葉、挿入されていた。

ある日、郷土史を研究している小学校の同級生がわが家に訪ねてきて、「らんぷ」、「灯」の豆本たちを手にしていたく感激、函を作ってやろうといってくれた。ほどなく届いたのが、江戸千代紙で美しく飾った和風の文箱だ。私は胸はずませながら、ちっちゃな豆本たちを函に納めた。書棚の真ん中に並べると、兵庫の文化の灯《とも》りが点り、爽やかな香りを漂わせてきた。

（「播火」65号　二〇〇七・一一）

「あとがき」にかえて

昨年の二月四日の立春の日にわが家のベランダで植木に水やりをしていた時に倒れて、救急車で目と鼻の先にある大学付属病院に搬送された。思ってもいなかった脳梗塞の診断を受け、即入院となった。病室で点滴を受けていると、今までになく死を間近に考えさせられるようになった。同時に、この歳まで生かしてもらい、いい人々に出会い、幸せな人生を送らせてもらったと感謝の気持ちが湧いてきた。いままでどれほど多くの方々の温かい交遊をいただいたことだろうと感無量だった。

ふと、嵐山光三郎編の『追悼の達人』（新潮社）を買っていたのを思い出して、家の者に病院に持ってきてもらい、ページを繰っていると、志賀直哉の項が出てきた。

八十八歳の高齢ともなると、人はだれでも死の準備をしている。志賀は生前から「死んで、築地の本願寺で盛大な葬式なんて考えてもいやだ」と言っていた。濱田庄司に骨壺を焼いて貰って、それを食堂に置き、砂糖壺に使っていた。葬儀に関しては、「骨壺をストーブかなにかの上に置いて、玄関から入って、お辞儀をしたけりゃ勝手にして庭から裏へ抜けて帰って貰う。無論無宗教だ」

弟子である阿川弘之にこう言っていたというのだ。指示されていたため、阿川は大筋そのとおりにやった。

志賀直哉が生前に骨壺を作っていたことに興味をもった。というのも私も友人に骨壺を焼いてもらっていたからである。

志賀直哉は八十八歳で亡くなった。私はいま八十九歳である。この七月が来ると九十歳。世にいう「卆寿」である。この年齢になると誰でも死を意識するようになるようだ。私もそろそろ人生のまとめをしていく時期になったと思いはじめていた矢先の入院であった。

もう十年ほど前になるだろうか。初夏のころであった。萩で陶芸家になっていた原田隆峰君から、「東京・銀座で個展をひらくから顔を見せてくれ」と便りをもらい出かけてみた。さして広くもないギャラリーであったが、茶碗や陶板、壺などの作品を見て歩いていると、ふと、大小二つの蓋つきの壺が、語りかけてきたような気がした。聞くと「骨壺」と一言。

「大きいのが五万円、小さいのが二万五千円だ」

「よし、買った。小さい方だ。私と家内と、二人分作って欲しい」

それから半年ほどが過ぎた年の暮れ、くだんの骨壺が、それぞれ木箱に納められて、送られてきた。壺は十㎝ほどの高さで、丸い。肌合いは、少し赤みがかった藁灰釉による特色のある白い萩焼である。なかなか見事な作品である。それと「窯のそばの柚子が、今年はたくさん実をつけた。器量は悪いが、田舎の風味だ、味わってくれ」と書かれた手紙に添えて、十箇ばかりの柚子も入っていた。ほのかにただよう柚子の香りが、いまは亡き父や母のことを懐かしく思い出させてくれた。

私の生家はそれほど古くはなかったが、裏庭に、柚子の木を二本植えてあった。父がどこかから譲ってもらったという古木である。毎年初夏のころになると、可憐な白い花をつけていた。この花が咲くのを誰よりも喜んでいたのは、柚子湯に浸かるのを好んでいた母であった。

一ノ谷の軍《いくさ》敗れ　討たれし平家の　公達《きんだち》あわれ
暁《あかつき》寒き須磨の嵐に　聞こえしはこれか　青葉の笛

風呂場から、温かい湯気にのって聞こえてきた母のご機嫌な歌声を、柚子の香に、久しぶりに聞くおもいであった。〝電力の鬼〟といわれた松永安左衛門は、こんな遺書をのこしている。「一つ、死後の計らい事、何度も申し置く通り、死後一切の葬儀、法要はうずくの出るほど嫌いに是あり、墓碑一切、法要一切が不要。線香類も嫌い。家、美術品、必要什器一切、記念館に寄付する。戒名も要らぬ」遺書を託された田中精一さん（元中部電力会長）は、「遺言通り葬儀は見送った。遺志に従い、土を盛った上に丸い石を一つ置いただけの墓になった。隣りにはすでに一子夫人が眠っていた」（『ローアウト』田中精一著）と、翁との尽きない思い出を語っていた。

生の終わりをどのようにしていくか、人それぞれに考えがあるだろう。家内が先に逝くか、私が先に逝くかは、神さまにお任せするしかない。

家族だけの別れの席には、骨壺を置いて、季節の花でも手向けてもらい、壁には、私が大切にしている山下摩起の紙本墨絵『観世音菩薩』の額を掛けてもらおう。私の著書と、今回出版した『随筆 美の詩』は忘れずに。それに、パンの笛奏者岩田英憲さんのCDを流してもらえれば最高である。『パンの笛幻想』の「生命」、「祈り」、「風」は、私の大好きな曲だからだ。ながい間この世に生かしていただいた。壺は、萩焼の美しい作品だから、書棚の上にでも飾ってもらいたい。骨のかけらは、山か海に播《ま》かれていればいい。私を記憶しているのはせいぜい孫まででであろう。その頃にはキャンディボックスにでもなっていればいい。骨壺は、土をこねて作られている。こわれてしまって、土に還っていることだろう。私も自然の風に、こころ遊ばせているだろうか。

私の好きな芸術家たちも素晴らしい美術作品を残して、いまは天国である。作品一つひとつには様々な思いが込められている。感銘を受けた作品への興味は尽きず、より深く彼らの世界へと引き込まれていくのだ。その秘められた物語が私の旅心を誘うのである。だから私は、どんな小さな美術館でも覗くのが好きで、街角にギャラリーを見つけると必ず寄り道していた。そして名画に描かれた場所と聞くと訪ねてスケッチしていた。

こうした作品を通じた多くの出会いが、どれほど私の人生を豊かにしてくれただろうか。なかでも敬愛する芸術家の方々との交遊は、普段ならなかなかお会いする機会がない皆さんから親しくお話を伺うことで、飾らない人柄を知ることができた。そこで、心魅かれたいくつかの素敵なエピソードや、絵画や彫刻などについて、お聞きした話を書き遺しておこうと思い、この『随筆 美の詩』を出版することにした。

私の最後の著書となると思うけれど、蒐集するひとも多い三月書房の小型愛蔵本シリーズの一冊に加えてもらえたことはこの上ない喜びである。心をこめた装丁をしていただき、美しい本にして下さった渡邊徳子さん、編集の労をとってくれた熊倉久恵さんにお礼を申しあげる。

先日『短篇集半分コ』（出久根達郎著）が芸術選奨文部科学大臣賞を受賞された。受賞理由に「造本の確かさ」も上げられていたと聞き、出版を手がけてもらえたことをとても嬉しく思っている。

また、齋藤遊亀さん、河野直美さん、白坂一美さんの三人には、今までのエッセイ集出版にあたって、推敲に役立つ多くのアドバイスをいただいたことに感謝している。

平成二十七年　春

後藤　茂

小型愛蔵本シリーズ〈一九六一年〜〉（★印の本は在庫あり）

変奏曲	福原麟太郎	曲芸など	岡本文弥
鳥たち	内田清之助	犬と私	江藤　淳
芸渡世	岡本文弥	春のてまり	福原麟太郎
随筆冬の花	網野　菊	女優のいる食卓	戸板康二
諸国の旅	福原麟太郎	杏の木	室生朝子
ハンカチの鼠	戸板康二	百花園にて	安藤鶴夫
随筆おにやらい	巌谷大四	町恋いの記	奥野信太郎
女茶わん	佐多稲子	献立帳	辻　嘉一
ひそひそばなし	岡本文弥	角帯兵児帯	木山捷平
おもちゃの風景	奥野信太郎	港の風景	丸岡　明
旅よそい	円地文子	ひとり歩き	佐多稲子
袖ふりあう	壺井　栄	随筆父と子	巌谷大四
聞きかじり見かじり読みかじり	坂東三津五郎	望遠鏡	萩原葉子

歴史好き	池島信平
裸馬先生愚伝	石井阿杏
夜ふけのカルタ	戸板康二
おふくろの妙薬	三浦哲郎
食いもの好き	狩野近雄
わたしのいるわたし	池田弥三郎
大福帳	辻　嘉一
煙、このはかなきもの	木俣　修
スコットランドの鷗	大岡昇平
町ッ子・土地ッ子・銀座ッ子	池田弥三郎
仕入帳	辻　嘉一
軽井沢日記	水上　勉
たべもの草紙	楠本憲吉
わが交遊記	戸板康二
仁左衛門楽我記	片岡仁左衛門
寿徳山最尊寺	永　六輔
山麓歳時記	橋場文俊
木鋏	前島康彦
演劇走馬燈	戸板康二
句集花すこし	戸板康二
随筆花影	武田太加志
韓国・インド・隅田川	小沢昭一
句集汗駄句々々	岡本文弥
句集袖机	戸板康二
★句集ひとつ水	郡司正勝
能狂い	大河内俊輝
句集変哲	小沢昭一
歌集味噌・人・文字	岡本文弥

句集良夜	戸板康二
花明りの路	松永伍一
冬の薔薇	秋山ちえ子
句集ぽかん	岡本千弥
やくたいもない話	草市　潤
随筆百日紅	後藤　茂
随筆朝の読書	大河内昭爾
★毎日が冒険	萩原朔美
随筆衣食住	志賀直哉
★卵と無花果	草市　潤
★水たまりの青空	丸山　徹
★本を肴に	尾崎　護
★随筆玉手箱	松永伍一
★随筆看板娘恋心	白石　孝
★鉱山のタンゴ	秋元勇巳
随筆井伏家のうどん	大河内昭爾
★随筆ひとり芝居	島田正吾
★随筆下駄供養	草市　潤
随筆最後の恋文	出久根達郎
★幻花	辻井　喬
★顎の話	草市　潤
★狐のかんざし	花柳章太郎
★随筆よだりとよだれ	草市　潤
★歌集悲しき矛盾	小野葉桜
★句集仙翁花	松本幸四郎
★かえらざるもの	大河内昭爾
★わが浮世絵	高橋誠一郎
母のおなかできいた矮鶏のなきごえ	草市　潤

★息子好みの父のうた　草市　潤編
★青きそらまめ　草市　潤
★随筆東西南北　草市　潤
★日日がくすり　草市　潤
★短篇集半分コ　出久根達郎
★ずっこけそこない話　草市　潤
★短篇集赤い糸　出久根達郎
★随筆美の詩　後藤　茂

著者紹介
後藤　茂（ごとう・しげる）
1925年兵庫県相生市生まれ。日刊『社会タイムス』記者、日本社会党機関紙編集局長を経て衆議院議員を通算6期16年務める。(社)エネルギー情報工学研究会議理事長、(社)原子燃料研究会理事、(財)日本郵趣協会顧問を歴任。2015年6月5日歿す。享年89歳。主な著書に『随筆集ヴィオロンの音』（豆本灯の会）『わが心の有本芳水』（六興出版）『冥王星の詩』（小学館スクウェア）『随筆百日紅』（三月書房）『険しきことも承知して』（エネルギーフォーラム）『憂国の原子力誕生秘話』（エネルギーフォーラム）など。

随筆　美の詩《うた》
二〇一五年十一月五日発行
著　者　後藤　茂
発行者　渡邊德子
発行所　三月書房
〒101-0054　東京都千代田区神田錦町3-14-3
錦町ビル202　電話・FAX　〇三-三二九一-三〇九一
振替東京〇〇一一〇-〇-五三二五
遊び紙　出雲民藝紙　安部信一郎作
（三椏紙弁柄染め荒簀漉き紙）
印　刷　三協美術印刷　同美印刷　平河工業社
製　函　高田紙器印刷
製　本　ブロケード

ISBN978-4-7826-0225-6

三月書房の小型愛蔵本

短篇集　半分コ
出久根達郎
二三〇〇円＋税

人生半ばを迎えた主人公たちがふと過ぎし日を想う時――懐かしくほろ苦い16の短篇集。平成26年度芸術選奨文部科学大臣賞受賞作。

短篇集　赤い糸
出久根達郎
二三〇〇円＋税

江戸に生きる市井の人々の、泣いて笑って貧しいながらも懸命に明るく生きる姿を、小気味よい江戸言葉にのせて描く11の人情ばなし。

幻花
辻井　喬
二三〇〇円＋税

「花」「旅」「幼い光景」をテーマに選んだエッセイ42篇に、単行本初の収録となる掌編小説「恋物語」5篇を加えた随筆集。

わが浮世絵
高橋誠一郎
三三〇〇円＋税

福澤諭吉の門下で経済学者の権威。著者が愛した浮世絵の世界を綴った名随筆を集めた。春信、広重、歌麿、豊国の絵を口絵に収載。

ずっこけそこない話
草市　潤
二二〇〇円＋税

九十六歳の日常を、故郷佐賀の言葉を駆使して軽快に綴ったエッセイ。一人暮らしを貫き、もの書きを生きる証と今日もペンをにぎる。